妖怪旅館營業中 九

謹獻給你的手作便當

友麻碧

輕文學
Light Literature

目錄

登場人物介紹

妖怪旅館營業中

天神屋

座落於妖魔鬼怪所棲息的世界——「隱世」東北方的老字號旅館。在鬼神的統率之下，眾多妖怪攜手打造出熱絡繁榮的住宿空間。偶爾也會有人類房客入住。

大老闆

在隱世老字號旅館「天神屋」擔任大老闆的鬼神，集眾多妖怪之景仰於一身。曾試圖納葵為妻，卻從不表露自己的內心情感，默默在旁守護她的一舉一動。

津場木葵

因為已故祖父所欠下的債務而成為擔保品，被擄來「天神屋」的女大學生。拒絕接受與大老闆的婚約，運用自豪的廚藝開始經營名為「夕顏」的食堂。

雪女

接待員 阿涼

土蜘蛛

大掌櫃 曉

九尾狐妖

小老闆 銀次

白澤

會計長 白夜

狸妖

接待員 春日

手鞠河童

小不點

折尾屋

位於南方大地的旅館，是天神屋的死對頭。

天狗

大掌櫃 葉鳥

狛犬

大老闆 亂丸

借宿妖怪旅館，歡度一夜良宵。

——津場木史郎

「大老闆請瞧瞧。這是我的女兒——葵。」
在我來到現世時，津場木杏太郎這男人曾向我介紹過自己年幼的愛女。
當時那孩子還不滿兩歲吧。
她名叫葵，津場木葵。
猶記得葵那時用天真無邪的眼神盯著幻化為人形的我，那雙眼睛就和她的祖父與父親一樣，擁有看得見妖怪的能力。
也許她早已看穿，我隱藏在人皮底下的真實面貌吧。
「不過可真是傷腦筋，因為家父草率的約定，葵也許必須嫁去大老闆那裡了……」
杏太郎似乎不願送女兒出嫁，憂心忡忡地緊緊抱著懷裡的孩子。
「啊哈哈哈！史郎隨口胡扯的誓言，事到如今早就失效了。杏太郎，你用不著擔心。」
「可是，跟妖怪立下的約定，具有非同小可的意義不是嗎？有一股預感告訴我，葵未來總有一天會嫁給大老闆。我這方面的直覺最準了。」
「畢竟你是史郎膝下子嗣之中靈力最強的一個了。不過呀，在如此年幼的葵眼裡，我這把年紀可是超越史郎的老爺爺喔。而且要我跟朋友的女兒成親，實在也讓我心裡五味雜陳。」
「呵呵！不過大老闆擁有凍齡的外貌呀，我肯定會早一步變成老爺爺的。」

杏太郎如此說著，用溫柔的眼神望向坐在自己膝上把玩著娃娃的葵。

杏太郎身為史郎之子，卻是個性格耿直又無害的善良男人，我很喜歡他散發的開朗氛圍。

在葵身上我也能感受到相同的氣息。當時的我並沒有特別意識到「這孩子終有一天會成為自己的妻子」，我只是抱著默默從旁守護的心情，輕輕摸了摸她的頭，在心裡祈求她能自然而然地成為像父親一樣的好人。

然而，為什麼……

「大老闆，杏太郎死了。都是因為詛咒的關係。不，一切都是我的錯。」

「史郎……」

杏太郎死了。

留下年紀還小的葵以及妻子。

死因是出差時遇上墜機意外。據說杏太郎背負的詛咒無數次企圖前來索命，但他總是能巧妙地擺脫危機。然而最後還是在無可迴避的交通意外中難逃死劫，也許這就是所謂的命運。

杏太郎所攜帶的包包裡，似乎留了一封帶有遺書意味的備忘錄。

除了對妻女的真情告白以外，還有另外一段用潦草字跡寫下的內容，說是從窗外看見類似黑色雙手的物體。

以及對於死亡的恐懼。

「常世之王留我一命在人世苟延殘喘地活下去，卻讓我的所有血親蒙受不幸的命運。沒想到這次連杏太郎也……與其讓他帶走我兒子，倒不如乾脆殺了我吧。」

史郎唯在此時難過地悲嘆，說出這番反常的話。

平常無論怎麼為非作歹，打死都不肯認錯的這個男人，此刻卻……

只有這一次，他開口表示了對杏太郎的歉疚，並懊悔著為何不是自己代替兒子送命。

史郎在年輕時曾去常世大鬧一場，讓當時在位的某位妖魔叫苦連天，大發雷霆。

雖說這是他的報應，但我仍深切地體會到自己的無能為力。面對異界大妖怪對他施下的詛咒，我束手無策。

「我決定再去一趟常世，找尋解除詛咒的辦法。」

「史郎，別去了。聽說現在常世的環境很危險。」

「可是，大老闆……詛咒的魔爪也許會伸向我的孫女啊，畢竟葵擁有的靈力與我非常相似。如果那孩子有個萬一，我真的連下黃泉都無顏面對杏太郎了。」

接著史郎仰頭望向我，臉上表情就像回想起某個往昔的約定。

「對了，大老闆，過去我曾經立約承諾要把孫女送給你對吧。既然如此，我希望你能真的履行取葵為妻的約定，並且保護她的安全。我希望……你能永遠對她不離不棄。如果是你，肯定沒問題……」

「……原來如此。你真的打算把孫女拿來抵債，扔給我照顧的意思嗎？你這麼做才是真的下黃泉都無顏面對杏太郎吧。」

「可是呀……大老闆，如果託付的對象是你，杏太郎也能欣然同意吧。你是個值得信賴的傢伙啊。我從沒看過像你如此可靠有肩膀的鬼。我說大老闆呀，你也許把當時的約定當成玩笑話吧，但若你真的願意娶葵為妻，我不知道能夠多放心呢。哎呀……乾脆就這樣一言為定吧。你一定能守護葵，葵也必定會愛上你的吧。」

史郎的發言讓我徹底無語，真要說起來，他的債務明明老早就還清了。

「史郎，別擅自決定孫女未來的人生，這也不是熱愛自由的你該有的作風。況且我不會愛上任何人，也不會被任何人所愛。」

充滿空虛的話語徒然消失在黑夜中。

史郎不再多發一語，就這樣垂著頭消失在暗夜中的某處。

我並沒有娶葵為妻的念頭，但是對史郎與杏太郎還是抱有一份情，而且也擔心葵的安危。

然而葵的母親卻帶著葵消聲匿跡，彷彿為了逃離某種「糾纏」。

她雖然看不見妖怪，但對於發生在丈夫與女兒周遭的狀況，應該一直以來都感到不太對勁吧。而這些也成為折磨她的苦痛。

「大老闆，找到津場木葵的下落了，只不過……目前情況刻不容緩。」

雖然一度失去關於葵的一切音信，不過在棲息於現世的妖怪幫助之下，我再次找回她的蹤跡。

然而，當時的葵也已經受到詛咒威脅，性命猶如風中殘燭。

詛咒通常都是間接取走一個人的性命，就像杏太郎的下場。

有時就連母親也成為被利用的工具，讓受詛咒的對象邁向死亡的命運。

葵的母親在死了丈夫之後，似乎帶著葵在日本各地過著顛沛流離的生活。然而，從那時開始，她已放棄育兒的義務。

杏太郎曾說過，自己的妻子個性溫柔認真又能幹。

但也是個缺乏父母疼愛的孤獨女性。

向她襲來的孤獨與恐懼，逼得這個杏太郎親自看上的女人甚至放棄養育女兒，喪失母愛，讓母女間的親情破碎。

被母親獨留在家裡的葵，好幾天沒東西可吃的飢餓狀態讓她瀕臨生命危險。可想而知，恐怕在被棄養之前也沒能好好度過溫飽的生活吧。

從她骨瘦如柴的身子並不難猜想到。

連唯一能依靠的母親都棄她而去，讓她甚至喪失求生欲望。她靜靜躺在垃圾四散的惡臭環境中，彷彿自己也是其中一個被遺棄的物品。

津場木史郎。

津場木杏太郎。

然後是津場木葵。

一路傳承下來的是血緣的詛咒，是不幸的連鎖。

招惹常世之王的代價，看來是超乎想像地大呢，史郎。

就連身為妖怪的我也顫慄了起來。因為親眼目睹了這場悲劇，這不忍卒睹的場面。

看著年紀還小的葵被獨自留在那間昏暗房內，我回想起某件往事。

史郎以前曾在天神屋打破價值一億的寶壺，欠下巨額債務，那時，他隨口承諾要把孫女送給我抵債。

他當時喝得爛醉，我也沒把這件事當真。

在那種狀況下的隨口約定，根本不具有任何真正的效力、意義與理由。

但史郎不忍看我終生不婚，明明是欠債的一方卻擺出高姿態立下這份契約書。我也心想在形式上接受他的這份好意就好，於是收下之後便保管在抽屜深處，就只是這麼一紙契約，史郎也早把這回事忘得一乾二淨。之後他不知從哪弄來其他寶物送給天神屋，這樁事也就告一段落。

然而，在如此弱小無助的姑娘面前，我突然心生一念。

與其就這樣死去，與其放妳這樣死去，不如來我這裡。

與其獨自承受孤單，不如來隱世。

我能讓妳吃上美味的山珍海味。

我能守護妳免於恐懼。

我們的關係不一定是夫婦，可以是義父與養女，或其他都好。

畢竟天神屋也有眾多孩子，我也將他們視如己出。

不對，但這樣是不行的。

我無法用相同的立場來守護這孩子。

她是人類之子，是史朗的孫女，靈力不凡的她是特別的存在。

「妳不害怕嗎？」

我心想鬼面具會嚇著她，於是戴著跟銀次借來的南方大地面具去見了葵。即使如此，依然擔心這樣的自己是否會讓她感到害怕……

「妳不求救、不哭喊嗎？」

「沒關係，我一點都不怕……因為……反正我就快死了。」

然而葵卻用毫無生氣的聲音如此說道，彷彿已經萬念俱灰。

「總覺得活著好痛苦。好難過，又好痛……我已經不知道該怎麼辦了。」

她說自己已沒有想法。對於今後有什麼能依靠、有什麼能愛、又有什麼生存意義，毫無頭緒。

年紀小小的她，卻已領悟絕望這二字。

啊啊……不過這種感覺我也很了解，因為我也曾嘗過。

『別擔心，我會賦予你一個能立足的世界，剎。所以你絕不能失去希望。』

黃金童子大人。

您還記得您把我救出，緊抱著化為孩童模樣哭泣的我，然後對我說出的這番話嗎？

長久以來被獨自禁錮在那種地方，被世人厭惡且疏遠的我，以為自己不可能得到誰的關愛了。

然而，只要有誰願意伸出手，只要有誰願意給予救贖的話語，無論是人是妖都能因此擁有重新振作的力量。

在津場木葵的身上，我看見了過去的自己。

我想幫助這孩子。

我想守護她的一切。

「別擔心，妳無須再害怕了。因為妳會活下去。」

因為我說什麼也不會讓妳死去。

無論史郎再怎麼努力尋找，仍未發現任何能解除這道詛咒的方法。這永無止盡的詛咒糾纏著史郎的血親，血緣越近便烙印得越深。不過，若只是要解救這麼一個小姑娘，我想我或許還辦得到。

於是我去拜訪了一趟黃金童子大人，向她說明事情原委並請求協助，一起找出替葵解除詛咒的方法。

改變命運的食物。

顛覆宿命的食物。

足以將詛咒歸零的強大力量。

至於我當時給葵吃的食物，究竟是什麼——那就是，我的靈力核心。

也就是，我的這條性命。

第一話 與大老闆的重逢

午夜時分，我卻無法入眠。

明明天寒地凍，我卻不怎麼覺得冷。也許是因為緊張的關係吧。

我，津場木葵正乘坐文門狸的空中飛船，從甲板上凝望高掛在冬日凜冽寒空中的紅色星星。

星光就像大老闆的眼睛，明明滅滅地閃爍之後便逐漸遠去。

「大老闆……」

想念對方，想了解對方。

為情所困這四個字，就是用來形容這種心情嗎？

我不明白。不過……從髮間輕輕摘下大老闆送的這只髮簪，發現上頭的山茶花花苞已經完全綻放，彷彿象徵我的內心。

「山茶花這種花……凋謝的時候是整朵花一起掉下來，這髮簪不知道會怎樣。」

如今已經花開，我開始在意何時要迎接凋落。

大老闆說過，當髮簪上的山茶花謝了，就是我償還債務的期限到了。不過現在已不是在意這些的時候了呢……

「葵，妳一個人類小姑娘，應該禁不起北方大地的嚴寒氣候吧？」

「黃金童子……大人。」

不知何時，金髮的座敷童子已站在我的身旁。是黃金童子大人。

第一次見面時，我還以為她只是個小女孩。但她其實是天神屋的創辦人，也是一手養育大老闆長大，宛若母親的角色……

「請問，大老闆……大老闆他平安無事嗎？我聽說您把他從妖都大牢裡救出來了。」

在妖都時僅有一次機會見到大老闆一面，他虛弱得無法保持往常的樣貌。

我相信那就是大老闆沒有錯。

「我想妳應該有滿腹的疑問吧，不過我也有件事想先跟妳確認。」

黃金童子微瞇起那雙如紫水晶般閃耀的雙眸。

「葵，妳目前是怎麼看待大老闆的？」

「……咦？」

「以前我曾在天神屋那間別館裡問過妳為何不嫁給他。那時的妳回答『不想在不知情的狀態下任憑擺布』對吧，那現在又是如何？……妳想知道什麼，想尋求什麼，又想選擇什麼？」

「……」

想知道什麼，想尋求什麼，又想選擇什麼是嗎？

我在春天被擄來這個隱世，夏天面對折尾屋事件的挑戰，秋天與大老闆分開，然後到了冬天……為了救出那個鬼男而來到這裡。

雖然還有很多不明白的地方，但我也有所了解。

我知道大老闆總是在一旁守護著我，伸出援手解救我。

而且那肯定是從很久很久以前就開始的。

我的心開始被這樣的他吸引。胸口裡漸漸燃起一股火熱的、帶著情感的某些東西，如果那就是所謂的戀愛情愫，那我……

「呃，我……」

「好吧，不逼妳現在交出答案，畢竟得知真相後也許有改變心意的可能性。」

黃金童子大人提出質問卻又不聽我回答，拿了一疊紙張給我。

是報紙，妖都新聞報。

「這……上頭寫著關於大老闆的報導。」

「是呀。那孩子現在的身分已是逃犯，在隱世引起了軒然大波。」

「……」

報導將大老闆寫成十惡不赦的壞人，讓我光看都覺得痛苦。

我拿著報紙的雙手開始顫抖。要是大老闆看見這些內容，他會有多難過呢？

「報導裡關於天神屋大老闆的內容，無論是真是假都寫得毫不留情。簡單來說，就是大老闆身為邪鬼的身分被公諸於世，長年以來累積的名聲一敗塗地。聽說天神屋也接到眾多顧客的抗議。」

「抗、抗議……」

一想到負責出面處理的大概又是身為大掌櫃的曉就十分同情他，不過我能做的，也只有在遠方用念力幫他加油了。

「就算大老闆真的能回到天神屋，那間旅館大概也難保隱世第一溫泉旅館的地位了吧。一切將得從零開始……不對，是從負分開始。願意同進退的究竟會剩多少人呢？前方的路肯定充滿困難與苦難，即使如此，妳仍認為大老闆應該重新回歸天神屋嗎？」

「是的。」

我果斷地回應這一次的問題。

「正因為天神屋的大老闆是他，所有員工才願意如此赴湯蹈火。所以我……也不會逃避苦難的，我希望他能回到這裡。」

黃金童子大人用那雙彷彿能看穿一切的眼眸凝視我，不一會兒之後輕吐了一口氣，像是嘆息又像是放心。

「他真是深深受到眷顧啊，得到這麼多的好同伴。明明……一開始還孤伶伶的呢。」

「……」

說不上來為什麼，從她的表情之中我似乎看見類似母愛的情感。即使她明明維持著小女孩的外貌。

不久，我們抵達文門之地的渡船口，此時正值午夜。

在這裡我將會得知什麼樣的事實？

能見到大老闆嗎……

「欸～～！」

「咦……」

「葵、葵！好久不見啦！」

「……」

奇怪，怎麼覺得……那邊好像有個人。

為了見「那個人」一面，至今以來吃了無數的苦頭。

比方說，差點在妖都被士兵逮捕。

又比方說，差點在雪山罹難。

然而，那個當事人現在就像一陣子沒見面的遠房親戚，邊張開雙臂邊踏著輕快的步伐走近剛下船的我。

「怎麼好像瘦了些？真心疼，一定吃了不少苦吧。」

「是呀，託你的福呢。」

我無法確定這個迎面而來的「大老闆」是不是本尊，於是迅速地……往後退。

「為何躲起來呀？」

「還不是因為你若無其事地出現！」

因、因為……

明明聽說大老闆被揭穿原形而陷入危險，結果卻理所當然地出現在眼前！

他的樣貌的確不同於以往的天神屋大老闆，重新幻化成頭上沒長角的年輕版本，就像以前在南方大地見過的賣魚小夥子。身上穿的胭脂色外褂也不像他平常的造型。

我躲在黃金童子大人身後，一臉狐疑地打量這個疑似大老闆的人物。

黃金童子小聲挖苦大老闆一句：「看來人家可躲著你呢，大老闆。」對方則一臉鐵青地抱頭苦惱說：「怎麼這樣，我這下該如何是好……」

啊，這種反應的確是我所認識的那個大老闆沒錯。

情緒緩緩平復之後，我總算能掌握眼前的狀況。

「大老闆，你遠比我想像中來得有精神呢，真的超乎預料。」

「噢！葵，妳總算肯出來啦。」

我從黃金童子大人身後悄悄探出身子，與大老闆面對面。

大老闆露出和藹的笑容，毫不掩飾地對我說：「葵，我好想妳。」

明明應該是感人的重逢，開頭卻被對方搶占了上風，不知該作何反應。

「雖然還有很多話想說，不過，呃，我也……很想見你。」

看吧，害我的回答變成這種曖昧的感覺。

大老闆也就真的欣然接受，心情好到不行。

「哎呀，我聽說葵為了我費了好一番力氣，我卻沒什麼機會能見妳，真抱歉。畢竟我幻化的外形被強制卸除，花了不少時間才請黃金童子大人把最重要的部分『修理』完畢。這段期間我毫無意識，直到昨天才剛醒來。」

「……咦？」

修理？到底是……修理什麼？

他說自己昨天才清醒……

「不過現在的我已經生龍活虎啦。要解決的問題仍堆積如山，但我的部下全是優秀的人才，即使我不在，似乎也已經在各方面展開行動，先發制人了。」

「……大老闆，今後你打算怎麼辦？」

「嗯？嗯……」

妖都那邊關於拔除天神屋大老闆職位的議題仍處於現在進行式，八葉也分成兩派勢力，互相牽制最終決定的走向。

大老闆面對這些問題，打算如何決斷？

「這個嘛，能拖盡量拖吧。」

「什麼？」

「老實說，在夜行會召開以前，沒有我出場的機會。反倒應該說，無論哪一方應該都不希望我有所動作。連同白夜也是。」

「呃，欸，等等，所以你就要這樣磨磨蹭蹭的？」

「沒錯。所幸這裡是西北大地，我待在這的消息只有少部分文門狸知情，而且像這樣喬裝成學生造型，誰也不會發現我就是天神屋大老闆吧。再說，這裡的傢伙對於陌生人本來就不感興趣。對了，我就當成提早放年假吧！」

「事態這麼緊急，你還要放年假？」

啊……這人果然還是一樣莫名其妙。

也許在時間與距離的濾鏡下，讓我把這傢伙美化過頭了。天神屋上下正四處奔波、勞神費心，當事人卻打算懶洋洋地享受新年假期，太令我傻眼了。不過……

「葵，我肚子餓了，做點什麼給我吃吧。我想吃妳親手做的菜。」

「你、你突然說這些幹嘛，變得這麼直率老實的你總覺得真可怕。」

「我現在大可以活得坦率點。在這裡我不是大老闆，葵也不是被擄來天神屋抵債的鬼妻。我是我，妳是妳……乾脆就維持這種關係不是很好嗎？」

大老闆這番話不像他平常的作風。

難道說……其實他並沒有回歸天神屋大老闆職位的意思……

「我說你們兩個啊。容我在你們聊得開心時插嘴，這裡可是文門之地，必須先去跟文門狸院長打個招呼才行。」

在旁默默看著我們的黃金童子大人總算開口干涉了。

「是的，我當然明白，黃金童子大人。我原本也打算等葵到了之後就去鐘塔一趟，院長就在那裡沒錯吧？」

「是呀。」

聽見院長兩個字，我也意會過來了，院長大人該不會就是……春日的祖母？

春日都稱呼她為祖母大人，和千秋先生一樣。

「葵，妳看看那邊，那裡有好大一座綠色的鐘塔。」

一座巨型鐘塔聳立在大老闆伸手所指的方向，在夜晚依然發出醒目的光芒。巨大的古典時鐘上用漢字數字標示著刻度，極具隱世風情。被蔓草圍繞的綠色磚瓦高塔，看起來相當壯觀。鐘塔在夜裡被鬼火照得通明，從遠處遙望依然能清楚得知時間。

此時正好是凌晨兩點半。

「那就是西北大地，也就是文門之地的八夜據點——文門大學院的『鐘塔』。用鬼門之地來比喻，就等同於天神屋所擁有的機能。」

接著大老闆朝鐘塔方向，隨心所欲地邁開步伐走去。

我也急忙跟上。

本以為黃金童子大人也會同行，結果回頭一看已不見蹤影，只剩下似曾相識的金色亮粉在原地飄盪，散發出光芒。

「不用擔心，黃金童子大人一刻不得閒，她還有要事在身，所以先出發了。」

「欸，大老闆……聽白夜先生說，你是被黃金童子大人養大的。」

「哦？既然如此，那麼葵應該也已經知道我的身分，以及當上天神屋大老闆的來龍去脈囉。」

「嗯嗯。大致知道，雖然不太清楚細節。」

我加快腳步走在大老闆身邊，抬頭望向他的側臉。

與往常一樣，他的臉上泛著從容又成熟的微笑。

「可是大老闆，你之前不是說自己是天神屋第二任大老闆嗎？據白夜先生所說，是你召集了天神屋第一批核心成員耶。」

「呵呵，我的確不是從一開始就擔任大老闆。不過比較親近的成員一開始就這麼叫我，簡直已經像是我的外號了。說起來，像我這種沒有任何資歷與成績的小鬼，本來就不可能無端被分派如此崇高的職務，起初是由黃金童子大人身兼二職。我實際被任命為大老闆，則是在來到文門之地這裡的大學當過幾年學生，畢業之後的事情了。」

「什麼！大老闆也有過學生時代？」

真令人驚愕的事實，實在無法想像大老闆的學生時期會是什麼模樣。

「我當然也經歷過小時候與求學階段啊，所以這地方我熟得很。街景雖然變了許多，不過還是令人相當懷念呢。這身打扮也是我當年的學生服……黃金童子大人說現在的學生打扮跟我那個年代沒什麼變，所以幫忙從家裡挖出舊衣服帶來給我穿。」

大老闆不知是否想起學生時代的回憶，臉上的表情顯得純真，向我展示身上的胭脂色外褂。

原來這是學生服啊。

不過話說回來，文門之地這裡的景色，跟我至今所見過的隱世不太一樣呢。

通往鐘塔的寬敞馬路上鋪著綠色的瓷磚，周遭建築物外觀基本上全都呈現淡綠色四方形。簡約且統一的街景具有美感，卻又讓我有一種奇妙的感覺。

「文門之地以鐘塔為中心，結合文門大學與眾多專門學校、綜合醫院與各種研究機構，形成巨大的學術城市——這些就被統稱為文門研究所。除此之外，這裡還坐擁廣闊的植物園以及隱世最大的圖書館。另外，還有現任院長就任之後，為幼兒新設立的學校兼育幼院機構喔。」

大老闆說這塊土地的財源與其他地方大不相同，主要是依靠優秀的人材。

「妳看，在這種大半夜還有身穿白袍的妖怪在路上趕路對吧。」

「嗯，白袍在綠地上又特別醒目呢。」

說到白袍，天神屋也有砂樂博士會做這身打扮，大概就是那種感覺。

由於這裡是文門狸所管治的地區，狸妖數量也特別多，不過其中仍混雜了其他種類的妖怪。

根據大老闆的說法，這裡住著許多來自外地的學生，突破艱難的入學門檻來到這裡念書，另外還有眾多前途無量的研究員。

「所以說，大老闆也通過了艱難的入學考囉。」

「是呀，畢竟被白夜逼著，用必死的決心準備考試……」

大老闆遙望遠方，原來他也會露出這種表情。

「白夜過去曾身兼王室子嗣的教師，所以現在也常在這裡的大學講課喔。」

「是喔！白夜先生感覺的確挺適合當學校老師的，雖然感覺超嚴格。」

聽著大老闆回憶當年學校生活的同時，我開始對路上來來往往的那些妖怪感到好奇。

穿著白袍的主要是研究員或醫師，胭脂色的外褂則是大學制服。

我所好奇的，是他們的舉動。

「大家都拿著食物邊走邊吃耶。有的看起來像飯糰，有的則是沒見過的四方形固體。」

「喔喔，因為這裡的人太勤奮好學了，一刻閒不下來。該說是對吃沒興趣嗎？或者說無法體會去餐館等美食上桌的期待感。只有真的餓到前胸貼後背了才會發現該吃飯了，所以通常都搞到這麼晚才覓食。也因此，這裡沒什麼好吃的餐館，興盛的多是類似現世便利商店那種性質的店家。」

「……原、原來是這樣。難怪我總覺得一路上不時能看見似曾相識的店面。果然是模仿超商的啊。」

話說這裡的居民大多對吃不太感興趣是吧……

身為一個料理人，聽聞這番話覺得有點落寞呢。

「歡迎來到文門之地，津場木葵小姐。還有天神屋的大老闆……聽說你昨天醒來了，總算來找我打聲招呼啦。」

文門之地的八葉兼文門大學院院長，是一位戴著眼鏡的中老年女性，看起來很嚴格。她和春日及千秋先生一樣長著狸貓耳朵，一頭參雜銀絲的褐色頭髮綁在後腦勺。

雖然姿態之中散發知性又凜然，不過仍擁有狸貓般的圓臉跟垂眼，給人的印象果然還是狸妖的感覺。也許這是家族的遺傳特徵吧。

「不好意思，院長閣下。文門之地實在令我非常懷念，來拜訪之前忍不住到處晃晃。」

「身為逃犯的你還真是悠哉啊，陣八。而且被你稱呼為院長閣下總讓我莫名感到全身一陣惡寒呢。」

「可是妳真的就是院長呀，夏葉。」

陣八……夏葉？

夏葉推測是眼前這位院長大人的名字吧。看大老闆如此親密地喊對方名字，讓我有點摸不透這兩人之間的關係，忍不住歪了歪頭。

大老闆察覺到我的疑惑。

「啊，其實呢……院長閣下，不對，院長奶奶大人是——」

「咳哼！」

「呃……這位芳名叫做夏葉的淑女，是我大學時代的同學。當年我們被分到同組，而她擔任組長一職。每次只要我忘記寫作業或是遲到，總會被她狠罵一頓呢。」

「咦、咦咦咦咦咦！」

這實在是……要我不驚訝也難。

他竟然隨口就說出如此出乎意料的驚人事實。

而且沒想到學生時代的大老闆意外愛打混。

「哼，一把年紀還裝年輕，外型跟當年沒兩樣的你實在看了就討厭呢，陣八。也不看看我都成老太婆了。」

「我只是重新幻化成學生時代的外型罷了。妳想變年輕也不成問題吧，畢竟是狸妖。」

「當然辦得到，只是我不想，老太婆院長還裝年輕只會淪落為笑柄罷了。況且我們狸妖跟你這種鬼不一樣，有一定的壽命。」

「哈哈哈！我也不至於長生不死。」

在兩人閒話家常的同時，我對於院長大人從剛才就喊大老闆為「陣八」這一點也感到很在意。

陣八是大老闆在南方大地喬裝成魚鋪青年時所使用的名字。我記得他說過這並非真名……所以說他從學生時代就使用假身分？

還是說，假名的事情是騙我的，其實這就是他的……

「咳哼！好了，廢話不多說，別讓葵小姐乾等了。」

「對了，這位就是我的妻子。」

「呃，目前還不是……話說感覺好久沒有這樣吐嘈了。」

我重新正式問候院長大人。

低下頭行禮後，她輕撫我的臉回應：「抬起頭來。」

「津場木葵，我當然認識妳，畢竟是那個大鬧隱世的史郎之孫嘛。我想這番話妳應該已經聽其他人講過好幾遍了吧。」

「呃，是。」

我不由自主挺直背脊，正經地回答她。是因為對方雖然看起來溫和沉穩，聲音卻格外低沉嗎？打量般的視線也讓我覺得渾身不自在。

「不過，比起『津場木史郎的孫女』這名號，現在妳本身的活躍表現更是聲名遠播到我這裡呢。畢竟文門狸的耳朵可靈了。」

院長指著自己的耳朵，同時露出賊賊的笑容。

這一點我以前也曾聽春日說過——文門狸的武器是情報網。他們將優秀人才派駐隱世各地，對核心人物投懷送抱，收集足以改變隱世局勢的情報並回報。

我至今在隱世的所作所為，不須多說想必她也瞭若指掌吧。

活躍表現這四個字我是覺得太過譽了。基本上每一次都是在他人幫助下得以度過難關。

「春日的事情似乎也承蒙妳諸多幫忙了。雖說已經出嫁了，但她始終是我的孫女。或許送她嫁去那種地方的我沒資格這麼說，但我還是不希望她連命都沒了。葵小姐，謝謝妳對那孩子伸出援手。」

院長大人向我低頭致謝。

「不、不會！春日不是光靠我一個人而得救的。而且請您放心，她現在已經恢復健康了。」

「呵呵，我有聽說。明明身受重傷，真不知該說她狗屎運還是生命力堅強。後者大概是遺傳自她父親吧。」

春日的父親也就是妖都右大臣。在來到此地之前，我也跟他有過一面之緣。

「葵小姐剛來到這裡應該也很疲憊了吧，我就長話短說到這裡。今天先請妳回到黃金童子大人的別墅『罌粟花莊』休息吧。」

「呃，是。」

雖然回答了「是」，不過黃金童子大人的別墅……罌粟花莊在哪？

「陣八，你該多加強一點危機意識。雖然你從以前就是個飄忽不定的男人，但現在也該定下來，別讓嬌妻費神了。」

「我明白，我絕對不會讓葵吃苦的。」

「呃，我覺得我一路以來已經吃苦吃得夠多了耶……」

面對一臉凜然帥氣地做出這番宣言的大老闆，我無情地……應該說自然而然地吐嘈了一句。

一位貌似祕書的男性來到現場，小聲向院長大人進行報告。

「那麼葵小姐，就請妳好好休息吧。然後陣八，在文門之地切記低調行事。」

院長大人特別叮囑大老闆一番之後，率先離開現場。

接下來我們該怎麼辦好？

正當我如此心想，大老闆湊近看著我的臉。

「葵，妳剛聽見了吧？文門之地這裡有黃金童子大人的別墅『罌粟花莊』。那裡暫時就是妳的活動據點囉。」

「那大老闆你呢？」

「我當然也會一起，這段期間我們將在同一個屋簷下共同生活作息了。」

「從廣義上來說，以前在天神屋也算是一個屋簷下啊。」

話說大老闆還真是一副喜孜孜的樣子，看起來很開心。

從重逢的那一刻我就在想，大老闆實在跟往常沒兩樣，甚至反而更有活力，感覺多了一份少年的感覺，在天神屋的威嚴與氣場完全歸零……

「嗯？」

大老闆突然停下腳步。

覺得奇怪的我也跟著佇足回頭望向他，結果他一臉認真地俯視著我，然後——

「葵，髮簪上的花開了呢。」

「……咦？啊，對、對啊，在北方大地的時候就開了。」

「……」

話題突然轉到了髮簪上。

他仍維持著一臉難以解讀的表情，伸手輕輕撫摸插在我髮絲上的髮簪。

剛從大老闆那邊收到這只髮簪時，上頭還只是山茶花的花苞，現在已經綻放成花朵。

短暫的沉默蔓延於我們之間。

他的手微微掠過臉頰，讓我的心跳瞬間加快，於是提高聲調試圖改變話題。

「對、對了！大老闆，你剛才說想吃點東西對吧？黃金童子大人的別墅有廚房嗎？」

「廚房當然有，不過我明天再拜託妳吧。葵，今天先暫時休息吧。妳的疲倦都寫在臉上了。」

「咦？不會吧，我現在是什麼表情……？」

我不假思索地用雙手捧住臉頰。

無意識之中在大老闆面前露出一臉疲態，讓我覺得自己好糗。

搞不好就是因為這樣，剛剛他才緊盯著我瞧。

雖然至今以來，常常在夕顏打烊後讓他看見我的憔悴姿態，但這難得的重逢時刻我竟然露出一張滿是疲倦的臉，讓我感到分外焦躁。

我們從大馬路爬上狹窄的上坡道，在路旁燈籠的照映之下前進，途中來到一片開闊的平地，一座老舊的宅邸就座落於其中。

「葵，那就是黃金童子大人的別墅。」

「啊……」

後方有一片竹林，這景象讓我有點想起了夕顏。

比起夕顏，這裡當然更寬敞氣派就是了。不過宅邸所散發的氛圍相當雅緻，讓我心想有座敷童子存在的房子大概就是這種感覺吧。

「大老闆，歡迎回來。津場木葵大人，歡迎您光臨。」

出來迎接的並不是黃金童子大人，而是年紀看起來更小的黑髮座敷童子。

她留著一頭及腰的黑長髮搭配齊瀏海，外型很接近一般人印象中的座敷童子。

她身上的紅色和服印著蝴蝶圖樣。

「我回來了。看來黃金童子大人好像不在呢。」

「大人說要暫時外出一下。」

「這樣啊……啊，葵，這孩子名為阿蝶，是座敷童子。她身為黃金童子大人的眷屬，負責管理這間罌粟花莊並且招待客人，我們倆的新婚生活就交由她照料了。」

「你是在等我吐嘈嗎？我偏偏不要。」

阿蝶小姐雖然年紀輕輕，卻散發凜然的氣質，彷彿是個文靜的座敷童子。

在她的引導下，我被帶往寢室。當然不是大老闆睡的那一間。

目前已是夜深人靜的午夜，就連妖怪們也差不多該歇息了。

在這樣的時間還能輕鬆保持清醒的我，深刻感受到自己真是漸漸融入這個屬於妖怪的世界了。

不知怎地，原本被逼得焦急的心情好像也在無意間舒緩了許多。

是因為順利見到心心念念的大老闆？

還是因為大老闆看起來比我想像中還有精神多了？

八葉夜行會迫在眉睫，眼前狀況也稱不上能完全放心，不過這一夜我卻比平常更快入眠。

房裡帶著些許甜味的焚香香氣，引導我進入夢鄉。

明天要做些什麼料理給大老闆吃呢？

第二話

照燒食火雞便當

時間來到隔日早晨。鐘塔在正午響起的鐘聲讓我從床上跳起。

「啊啊啊！糟了糟了！睡過頭啦！」

我急急忙忙打算換裝，卻找不到我的和服。

「葵大人早。」

一頭黑長髮的年幼座敷童子拉開拉門，用平淡的表情向我問早。

我記得她叫阿蝶來著。

「早安。那個，阿蝶，不知道方不方便借用一下廚房……」

「您的意思是要親自料理餐點嗎？」

「啊……嗯。難不成妳已經幫忙準備好了？」

「沒有。因為黃金童子大人說過，依照葵大人的性格應該會自己下廚，所以我完全沒有準備。」

「呃，那就太好了……不過總覺得心情有點複雜呢。」

黃金童子大人究竟是徹底不把我當成客人而嚴格對待，還是貼心地猜到我的想法？

阿蝶也不愧是黃金童子大人的眷屬，口吻冷酷又不留情。

「葵大人平時的衣裝儼然已成為代表您自身與夕顏的代表標誌了，所以目前暫時改變一下造型應該比較好吧。總之已經先為您拿去清洗了。」

「啊，所以才找不到和服呀，謝謝妳。不過我沒有帶其他和服過來……」

「這一點您大可放心。院長大人為您準備了這套，還請換上吧。」

阿蝶小姐拿出來的是昨天在街上見過的學生服，胭脂色的外褂以及女學生專用的箭羽紋和服，搭配青綠色的袴裝。

「這意思是要我喬裝成這地區的學生嗎？」

「這身打扮是最能巧妙融入這裡的造型了。順帶一提，大老闆昨天也換上學生服了。」

「的確是呢。既然大老闆都能 cosplay 成學生，感覺我也不成問題了。」

由於待會兒就要下廚，所以我只穿上箭羽紋的和服與袴褲，用束袖帶挽起衣袖。

阿蝶小姐看我整裝完畢，便靜靜地往走廊移動，帶領我前進廚房。

話說這房子內部看起來比外觀還要更寬敞。

房間數量也很可觀，走廊又很長……

「這裡就是廚房。座敷童子平常基本上只吃甜紅豆餡做成的點心，所以幾乎沒什麼其他食材。不過大老闆似乎今天一大早去採購了食材回來，我想您可以拿來使用。」

「大老闆去採購食材？」

原來他早就醒了喔。也是啦，能睡到太陽曬屁股的也只有我了。他根本已經打好算盤逼我為他下廚耶。

「大老闆把食材留下之後，馬上又出門了。」

「這樣喔……不知道他跑去哪裡了。」

「他在這裡待過一段期間，我想也許是四處遛達遛達，重遊舊地吧。」

「啊啊，對耶。說得也是……」

總之我先清點了一下廚房中的食材究竟有哪些。

「白蘿蔔、牛蒡、紅蘿蔔、小松菜、白菜、青辣椒、豆腐、油豆皮、堅果，還有雞肉。」

全是些基本食材。看了一下貼在上面的標籤，豆腐是妖都製造，根莖類蔬菜則是產自北方大地的樣子。葉菜類則標示著「文門蔬果研究室」，是指在實驗室裡栽培而成嗎？雞肉則是來自鬼門之地的食火雞。

文門之地這裡要入手異地食材似乎不成問題，不過從另一方面來說，可能也缺乏具有當地色彩的特產。

或許也代表這塊土地沒有這種需求吧？

根據阿蝶小姐的說明，文門之地擁有學術、醫療與研究等其他方面的技術作為主力武器，就算進行蔬菜等農產品研發，實際進行耕種生產的也是其他地區，所以食物基本上都是仰賴各地進口。

不過有趣的是，這裡能輕易買到類似現世一般販售的化學調味料，像這間別墅裡也備有一整套該有的調味料，包含雞湯塊與高湯粉等。

「啊，雞蛋。是個頭比較小的褐殼蛋，雖然不是食火雞產的。而且還帶有微微溫度，似乎是早上才剛下的呢……嗯？」

在盛裝著新鮮雞蛋的籃子底下，壓了一張類似留言便條的東西。

『我在文門大學的中央廣場。今天真是適合吃便當的好日子呢。』

簡單來說，就是要我做好便當帶去學校的意思是吧。

昨天還發下豪語「絕對不會讓葵吃苦」，現在馬上就差遣我了啊。

「不過話說回來，大老闆還真的是很喜歡便當耶，真不明白為什麼。」

比起剛做好的熱騰騰飯菜，竟然比較想吃便當——身為料理人對這種要求感到五味雜陳，不過便當的確有其魅力存在。

而且我也的確一直心心念念著，等見到大老闆之後要做點什麼給他吃。

我的雙手自然而然地動了起來。

「不過現在還是不清楚他到底喜歡吃什麼東西呢。」

討厭南瓜這一點我倒是知道……

我先著手料理便當必備的燙拌小松菜與厚煎雞蛋捲，再思考其他配菜該怎麼安排。

「我想他應該喜歡雞肉料理吧，畢竟鬼門之地是食火雞盛產地，之前也看他吃雞天套餐吃得津津有味，再怎麼說總不可能討厭平常吃習慣的在地料理吧。」

於是我決定選擇簡單快速的「照燒雞肉」作為這次便當的主菜。

將雞肉劃上淺淺的刀紋並抹上麵粉，用平底鍋熱油之後將帶皮的一面朝下，放入鍋中油煎。接著把青辣椒也一起下鍋，利用吸收雞肉鮮味的油脂爆香，又能成為一道適合帶便當的美味配菜。青辣椒只要熟了就可馬上取出。

將雞肉翻面煎至焦黃色之後，畫圓倒入預先準備好的照燒醬汁繼續煮到收乾。期間必須反覆翻面直到表面呈現漂亮的焦糖色，才能確保均勻入味。

等廚房開始瀰漫誘人的焦香味，適時把雞肉起鍋並斜切成方便食用的大小。

緩緩溢出的肉汁與甜中帶鹹的醬汁交融成新的美味，偷夾一塊邊緣的碎肉來嘗嘗，成品果然很不錯，讓人想來碗白飯。

此時發現座敷童子阿蝶小姐正從通往客廳的拉門縫隙盯著這裡瞧，於是我說：

「阿蝶小姐要不要也試試味道？這道是照燒雞肉。」

「真的可以嗎？」

「邊邊還有多一塊唷。我打算把這裝便當，所以兩邊多餘的碎肉原本就想自己吃掉啦。」

她踏著小巧的步伐來到沒鋪木地板的廚房空間，微微張開小口卻仍一臉冷酷的表情，這模樣真可愛。我將照燒雞肉送入她的口中。

「照燒醬汁甜甜鹹鹹……砂糖加得比較多。燉煮得非常入味，口感也很棒，真是美味。」

「呵呵，謝謝妳。」

雞蛋捲的部分則改用鹽跟高湯調味，做成不甜的版本。煎出一定的厚度，連內層都紮實地熟透，吃起來的口感才不會過於濕軟。

從兩端切成薄片後……

「好，配菜都完成了呢。再來只要把剛煮好的白飯裝進便當盒……」

我從廚房的櫥櫃裡找到原色的曲木便當盒。

就是那種最經典的木製橢圓形飯盒，充滿復古風味。總共有大、中、小三種規格。最大的留給大老闆，中的給我自己用。

在便當盒底部鋪上一層薄薄的白飯再墊上海苔，擺上剛起鍋的照燒雞肉，旁邊搭配切片的雞蛋捲。

煎過的青辣椒擺在正中間，瀝乾水分的燙拌小松菜則擺在邊緣。

「很好──大功告成！新鮮現做的照燒雞肉佐厚煎雞蛋捲便當！」

嗯嗯，連我自己都認為完成了令人食指大動的美味便當。

而且我現在餓得不得了，畢竟沒吃早飯啊。

將便當、手巾與裝了綠茶的水壺一起放入竹籃，我便趕緊準備動身，帶著這一籃去跟大老闆會合。

「葵大人，您要去大學院的話，朝著鐘塔方向前進應該就明白該怎麼走了。」

「我知道了，謝謝妳！」

討教了目的地的所在位置後，我套上木屐走出別墅。

「啊！阿蝶小姐，最小的便當盒裡裝了一樣的菜色，妳要是餓了就拿去吃喔！」

「……」

阿蝶小姐輕輕低下頭行禮，只回了我一句：「路上小心。」

「我看看……大學……文門大學……」

文門之地的街景風格雖不同於隱世，為何卻讓在現世長大的我感到有點懷念呢？

這裡也不是沒有日式的獨棟建築，不過看似集合住宅的綠色方形建築物看起來格外醒目。

越接近鐘塔，能見到更多規模越大的各種設施緊密相鄰。

綠色的瓷磚路在正午日光下看起來也顯得很清爽，而且整頓得乾乾淨淨，沒有半點垃圾落地。路上四處設置著淺顯易懂的路牌，指引我正確的方向。看來文門大就位於鐘塔的後方。

跟著路牌的指示，我進入鐘塔前方的某座設施，竟然在這裡看見了「會自己動的步道」。

步道設計成一般人也能穿越設施而過的構造，整個空間簡直就像是一座寬敞的機場，設置了平面電扶梯，從中間貫穿。

學院裡的學生、教師、研究員與其他校外人士都會利用這條步道趕路，對於沒時間可浪費的他們來說，實在是無比方便的發明呢。

但是再怎麼說，我好歹也是在現世長大的。

電動步道這種東西在我家鄉的車站也有，當然能面不改色地過關。

「哇！噢哇……」

然而在急忙趕路的菁英人士又推又擠之下，我從步道上被撞飛到一旁。因為這裡的自動步道有別於現世，並沒有扶手的設計。

這裡的妖怪們到底是怎樣啊。

比現世的人類還更駕輕就熟地使用電動步道，過著分分秒秒被時間追趕的緊湊生活。

「咦？這難不成是葵小姐？您還好吧？」

「嗯？」

我湊往竹籃裡確認便當沒事之後，便站起身拍拍膝蓋，結果被前方的聲音叫住。

抬頭一看，才發現天神屋的門房長——文門狸千秋先生正抱著高高一疊書站在前方，一臉擔心地從人群縫隙中看著我。

「千秋先生！對耶，你早就來到文門之地了嘛。」

「是呀。我把小老闆在北方大地託付給我的書信轉交給院長祖母大人之後，便聽從吩咐留在這裡待命。」

千秋先生臉上露出親切的傻笑，簡單為我說明來龍去脈。

「話說你抱的這疊書感覺很重耶。」

「啊哈哈！受人所託，所以正幫忙把這些搬過去，葵小姐您行李也不少耶。」

「這是便當啦。想說送去給大老闆。」

「原來如此。聽說大老闆也受了不少折騰，昏迷好一段時間才終於清醒。我也還沒機會去向他問候一聲……」

千秋先生露出若有所思的表情，在發現我的視線之後又換上和藹的笑容。

「大老闆他最喜歡吃的就是便當了，他肯定很想嘗嘗葵小姐親手做的。」

「呃……大老闆喜歡吃便當這件事，是大家都知道的事實嗎？」

「至少從我來到天神屋工作時，他就是如此了。一部分也因為需要四處奔波，所以吃便當的機會比較多吧。不過還真羨慕大老闆呢，竟然能嘗到葵小姐親手製作的美味便當。出身自文門之地的我好像不該這麼說，不過這裡真的是出名的美食沙漠啊。」

「咦，真的喔？」

就在此時，鐘塔發出響亮的鐘聲，宣告下午兩點的到來。千秋先生一驚，猛然抬頭一看。

「啊啊！葵小姐不好意思，我時間有點趕，得先走一步。文門大學就在這條步道直直走下去的盡頭處。要去中央廣場的話，就穿過大馬路之後再經過一號館，馬上就能抵達了，我想應該不難找。我人就在大學隔壁的大圖書館裡，如果您跟大老闆有時間，下回請務必光臨一趟大圖書館！」

千秋先生語畢，便乘著快速移動的步道遠去。

大圖書館啊……文門之地這裡的藏書量想必很豐富吧。

我再次做好心理準備踏上步道，靈巧地順著人潮前進，來到文門大學校地內。

穿過巨大的校門，走在寬敞的林蔭大道上，誰也沒注意到我的存在。也許多虧了身上這胭脂色外褂的關係。人類的身分之所以沒露餡，果然是因為這裡的妖怪沒興趣關心陌生人嗎？

「不過話說回來，這裡就是文門大學是吧。校地真廣闊耶。」

或許正因為自己不久以前也是個大學生，所以才對這裡倍感熟悉吧。

結果連休學手續都沒辦，就這樣來到了隱世。真不知道自己現在在現世被怎麼看待。

或許給許多人添了麻煩吧。但我也不知該如何是好了……

「我想想……剛才是說經過一號館之後，就是中央廣場是吧。」

這座灰中帶綠的建築物似乎就是一號館了。乍看之下就像是水泥外牆蓋成的巨大建築物，充滿現世的現代風情。貫穿建築物的通道未受到日光直射，昏暗的採光讓這一路上瀰漫著無生命物質的冰冷感。

好在通道的盡頭處可望見一片明亮，讓我稍稍感到放心，快步跑了過去。

「……哇～～」

穿越通道後，我所見到的是一片被數棟建築物所包圍的廣場。聳立的高樓遮蔽了天空，讓這裡顯得微暗，不過從上空射入的光線也令人覺得充滿奇幻感。

這裡的地面鋪著白色碎石礫，中央有一片規模不大的人工竹林。

竹林周圍設置了能讓學生自由休憩的紅色長椅，打造出現世所謂的摩登現代風格空間。

四處可見到零星的學生在長椅上午睡，又或是選個中意的位置坐下來看書。

正當我東張西望尋找大老闆的身影時——

「啊，找到了。」

發現他正坐在人工竹林外圍的長椅上，正在和從竹林裡現身的管子貓玩。

「大老闆，你這副樣子簡直就像白夜先生呢。」

「噢噢，葵。妳順利找到這裡啦。」

他的學生服造型完全融入這裡的學生群，肯定沒人會發現這個人就是天神屋的大老闆吧。

怎麼說呢……連平時的氣場都消失無蹤了。完全就是一般的路人，不對，是路妖。

「大老闆你不是說想吃便當嗎？結果一大早又自己亂跑出門，害我費了千辛萬苦跑來這裡。」

「路程也不至於如此艱辛吧，況且還有用靈力驅動的自動步道。」

「那就是最艱辛的部分啊，這裡的妖怪個個都是急驚風。」

「說得好。壽命明明又不短，大可以活得從容一些嘛。」

「簡直就像現世的尖峰時刻通勤地獄。」

我在大老闆身旁坐下，聽著竹林隨風搖曳的窸窣聲。

這裡的管子貓比天神屋後山那群來得更加內向謹慎，雖然似乎對我頗感興趣，卻只是在周圍繞著我飄呀飄，最後乖乖地回到竹林中。

嘴裡還一邊說著「睡午覺的時間到了～」這樣。

「這裡讓我想起以前讀的大學呢，我們學校也有流浪貓出沒。」

「葵專攻什麼學科呢？料理？」

「怎麼可能，我只是個普通至極的文學院學生，研究各地區的文化之類的。料理只是興趣，或者應該說一邊跟爺爺討教，一邊私底下一個人研究。」

「哦？不過能稍微明白為何妳對各地的地方料理如此有研究了。」

「是啦，畢竟這部分我特別有興趣鑽研。」

雖然當初從未想到，後來能在隱世這裡派上用場。

「好了，葵，便當時間到了。我們開動吧。」

「大老闆你很餓嗎？」

「當然。我又沒吃早餐，一整個早上在大學裡四處閒晃，擅自混入課堂裡聽課，實在又累又餓啊。」

「也太大膽了吧……好歹你現在是個被通緝的逃犯耶。」

「沒問題，這裡沒什麼人會與我為敵。因為對於他們來說，最大的敵人是同門的競爭對手或是自己。」

「……打算用聽起來充滿哲理的口吻糊弄我是吧。」

真拿大老闆沒辦法。

我隨即從竹籃中取出便當盒，將比較大的那一個遞給他。

「哦？是食火雞耶。」

「嗯嗯，今天是『照燒雞肉便當』喔。因為想說大老闆也許會想嘗嘗鬼門大地的食火雞肉吧。」

「真不愧是我的賢妻。許久沒嘗到平常吃習慣的東西，果然還是會不禁想念起熟悉的滋味。」

大老闆首先吃了一塊厚煎雞蛋捲，接著大口把照燒食火雞肉塞滿雙頰。然後又把底下露出的白飯掃入嘴裡。

或許一部分是因為肚子正餓的關係吧，他還真是吃得津津有味耶。看著看著讓我也覺得開心了起來。

「葵呀。我就回答妳一題想知道的事，當作妳替我準備便當的回禮吧。」

「……咦？」

大老闆出其不意地提出了這項提議。

他究竟在想什麼？

「這……是什麼意思？想知道的事……當然是有很多啊，咦？只能問一題？」

大老闆看我有點不知所措，用一臉看戲的表情輕笑出聲。

「呵呵……這個嘛……不然這樣子如何？在我停留於文門之地的期間，妳每天幫我準備一個便當，我就每天告訴妳一個等價的『事實』。」

「一個便當……換一個事實……？」

大老闆就這麼想吃便當嗎……雖然心裡同時也如此暗想著，不過能用便當換取關於他的真相，我當然有滿滿的疑問要他解惑。

欸，大老闆，你最愛吃的料理是什麼？

大老闆，你真正的名字叫什麼？

「……」

至今為止尋求過無數次答案的問題，此刻卻無法及時問出口。我輕輕地伸手撫上自己的雙唇。

難得做了便當給他吃，而且他還答應我有問必答。

但是……

他喜歡吃的東西、他的本名——這些問題是否具有特別的意義？

得知答案之後，是否會改變什麼……

或許是因為一股難以言喻的不安湧上心頭，讓我直覺認為問題的優先順序好像也是一個關鍵。

眾多的祕密交疊之下，感覺變得更加錯綜複雜了。

「呃……那，大老闆我問你，你以前是個怎樣的學生？」

最後決定先派這一題打頭陣。

大老闆似乎感到很意外，眼睛眨呀眨的。

不過還是用手抵著下巴，「嗯～～」了一聲後陷入沉思……

「嗯哼，我的學生時代是吧。當時我跟夏葉、大湖串糕點屋的石榴，再加上一個出身自將軍世家的男學生組成四人小組，相當勤奮向學。」

「石榴小姐也是你同學？」

「是呀，妳見過她了？」

「呃……嗯嗯……」

身為洗豆妖的石榴小姐是東南大地的八葉，也是大湖串糕點屋的和菓子師傅。

據說她還負責製作宮中的御用和菓子云云。之前我曾在妖都跟她有過一面之緣，她當時對我製作的點心給予了各種犀利的評語呢。

「聽說石榴小姐是天神屋的創始員工之一。」

「是呀。在我當上大老闆後，馬上就網羅她加入天神屋了。一部分也是因為我們家正好缺專業的和菓子師傅，不過主要還是石榴對自身家族的家業抱持著一些矛盾。」

「我還聽說夕顏……中庭裡的那間別館，原本是石榴小姐在負責經營的。」

「嗯，沒錯。石榴是優秀的甜點師傅，所以在那裡開設了茶館，也成為天神屋的賣點之一。不過……自從她離開後，那間別館經營什麼都不順利，成為問題店面——直到妳來到天神屋才有起色。」

「……要、要說有起色，我覺得倒也很難說耶。」

「妳說什麼傻話，明明一路以來交出了這麼多可觀的成果。」

大老闆看我停下吃便當的動作，失去自信似地低下頭，似乎察覺到了什麼。

「石榴對妳說了什麼嗎？」

「……她說我的料理只是一時的流行，不會流傳百世……這樣。」

「這樣啊……很像現在的她會說出口的話呢。」

我用閃爍的眼神瞥了一眼大老闆。

他露出一張難以言喻的表情苦笑著。

「而且我還聽葉鳥先生說，石榴小姐她……原本是大老闆的未婚妻對吧？」

「咦？啊哈哈哈哈哈！」

大老闆愣了一下，隨後拍著膝蓋大笑起來。

「怎麼可能。我跟石榴的確是學生時代的舊識，但是從未發展成那樣的關係。應該說我還常常被她叨念咧……啊！葵，難道妳在意的是這件事？」
「並、並沒有好嗎！」
我不由自主地將頭撇往一旁，彆扭地否認。
誰叫他臉上滿滿洋溢著期待。
「反正就是這樣……現在我在石榴心中，連朋友也不是囉。畢竟她會離開天神屋是因為……得知了我是邪鬼的事實。」
「……」
大老闆說出「邪鬼」二字。
我再次轉頭望向他。一臉嚴肅的他將眼神放得更遠了，凝望著從這裡可看見的四方形天空彼端。
「不知道妳對我的事情了解到何種程度，不過我曾因為邪鬼的身分一度遭到封印，五百年前在黃金童子的幫助下，才從鬼門之地的地底深處甦醒。」
「這件事……我略有耳聞。既然一度遭到封印，代表你從被封印以前就存在囉？」
「是呀。我呢，千年以前曾在現世生活。」
「咦，在現世？有這回事？」
是說大老闆已經活過了千歲？
「據說我當初是在隱世出生，出生後沒多久就被安排逃亡到現世了。以現世的時間來說，當時正值平安時代。」

「平安時代……原來如此。」

年代久遠得無法想像，大老闆竟然見識過那麼久以前的現世。

「所謂的邪鬼，是從遠古時代就棲息於隱世的原住民族之一，就像北方大地的冰人族一樣。然而在與來自常世的妖怪進行抗爭之下，大多葬送性命或是遭到封印。在那個時代，『邪鬼』這種稱呼根本還不存在，畢竟那是妖王家為了貶低我們而擅自取的名稱。」

「……那不然原本叫什麼？」

「剎鬼。」

大老闆用神祕的微弱音量靜靜地告訴我，讓這兩個字落於我心底。

強風吹亂了垂下的側髮。

「我們原本並非邪鬼，而是被稱為剎鬼的一族。」

竹林中的枝葉被風吹得沙沙作響，聽起來格外悅耳。

回過神時才發現周遭的學生已不復在，這裡只剩下我跟他。

大老闆為我說明來龍去脈。

原本棲息於隱世的「剎鬼一族」擁有強大力量。對於跨海而來發現這片大陸並企圖移居此地的常世妖怪來說，他們是必須驅除的惡類。

「隱世的各原住民族與移居過來的常世妖怪開始展開了永無止盡的土地鬥爭。北方大地的冰人族由於體質特殊，加上封閉於冰雪中的地形優勢而免於戰火。剎鬼一族則選擇一戰，結果幾乎全數遭到殺害或封印……由於我們一族也殺害並吞噬了眾多『侵略者』，至今仍留下窮凶惡極的汙名與傳聞。畢竟殺害初代大妖王的也是我們。話雖如此，他們創造出名為邪鬼的這種反派，也是為了合理化自己侵略他族的歷史吧。」

現任妖王家與貴族正是來自常世的侵略者所留下的後裔。

為了讓這個事實正當化，所以才必須將這些擊退惡鬼的英雄傳說繼續流傳下去。

「我的雙親在剎鬼一族中擁有一定程度的地位。在遠昔的戰亂之中，他們讓當時還是赤子的我一個人從隱世逃往現世。在那之後，我躲在現世活過漫長的歲月，不過現世的妖怪也有自己的苦衷。在那裡別說是鬼了，就連妖怪本身都被認定為邪惡的存在而遭受厭惡。還有些人類擁有擊退妖怪的能力，例如驅魔師或陰陽師等，比較有名的大概就是安倍晴明吧。」

「大老闆竟然活在安倍晴明正活躍的年代耶！」

這鼎鼎大名連我都聽過啊。

爺爺對於驅魔師似乎也有某種程度的了解，所以我知道現世妖怪會被這些人收拾，現世也因此成為妖怪難以生存的地方。原來早在千年以前就已經是這樣的狀態。

「我在對隱世毫無了解的狀態下長大，不過我知道自己並不屬於現世這個世界。於是我開始有了念頭，想回歸尚未見過的這個家鄉……對了，我在千年以前的現世有個同為鬼族的朋友，拿手絕活就是找尋通往異界的入口。我跟他來回於現世與隱世之間好幾次，某一次就再也沒有回去，留在隱世生活了。」

大老闆繼續說道。

「不過，當時的隱世對於剎鬼……不，對於邪鬼懷有憎恨的妖怪仍不在少數。鬼族之中還包含了其他幾個不同的種族，他們能安然混入隱世這個妖怪棲息之世，過上正常的生活，唯有邪鬼是不被接納的存在。所以我因為邪鬼的身分遭到捉拿並被封印，就在邪鬼門之地的地底深處。很難堪對吧？雙親好不容易讓我逃到現世，我卻因為回歸家鄉而遭到封印。」

「不，才不會。」

我只能搖頭否定。

「不過……被關在不見天日的黑暗中，不會感到孤單嗎？」

聽了大老闆的身世讓我百感交集，而最先浮現的問題是這個。

大老闆瞥了我一眼之後輕輕笑了。

「被封印時的事情我幾乎沒有印象了。只不過，在黃金童子大人的幫助下甦醒之後，我退化回幼童的模樣，後來由她撫養長大。我在天神屋裡得到『大老闆』這個暱稱，在外則使用『陣八』作為假名過活。被黃金童子大人取名為陣八的原因在於這是當時最常見的菜市場名，能讓我保持低調的身分。再怎麼說都必須隱藏邪鬼這個身分才行。」

假名……？所以陣八果然不是他的真實名字。

「接下來呢，我從小鬼變成學生，順利念完大學後在天神屋裡工作，後來正式被任命大老闆一職，就這樣到了現在。雖然如今被雷獸揭穿真實面目這個下場是我失算，啊哈哈！」

「這、這可不好笑吧。」

「當然好笑。畢竟我成功蒙騙隱世這裡的妖怪五百年之久，還被尊稱為鬼神。身為妖怪，沒有比這更逗趣的事了。」

大老闆露出邪惡的表情咯咯笑。

我心想他果然是鬼沒有錯，同時也覺得他身上背負的歷史與過往是多麼地令人悲傷。

以前的我，對於這個人的一切一無所知……

「那你今後……有什麼打算？大老闆。」

既然身分已被揭穿，大老闆接下來的處境也將與以往大不相同。

他身為邪鬼的事實，現在已被公諸於整個隱世。

各種狠毒的惡言正攻擊著他。

可想而知，邪鬼這個身分在目前的隱世居民心中，是多麼深痛惡絕的存在。

大老闆兩手撐在長椅後面，一邊仰望天空一邊說道。

「這個嘛。也許就這樣去現世吧，現在的現世只要選對環境，連妖怪也能安居喔。比方說淺草之類啦。」

「你在亂說什麼啦。」

「葵，妳應該也開始想念現世了吧。乾脆拋下一切，跟我一走了之吧。」

「……」

我從沒想過大老闆竟然說出這種話。

雖然這的確可能是逃脫眼前困境的方法之一。

「別開玩笑了……大老闆，你已經不打算回歸天神屋大老闆的位置了嗎？天神屋的大家都為了救回你而想盡辦法耶。」

「有時候不是想不想的問題，而是我不回去才是對大家好。畢竟天神屋全體員工的命運都掌握在我手上。」

大老闆的表情開朗得令人害怕。我開始忐忑不安，深怕他內心是否已做下什麼重大的決斷。

最後在心煩意亂之下吃完了便當。

「啊！對了對了。剛才千秋先生說歡迎我們去一趟大圖書館唷。」

我用手巾把空便當盒包起來之後放回竹籃，同時想起剛才遇見千秋先生的事，於是試著轉換話題。

「喔喔，千秋啊。有聽說他目前待在這。」

「他剛才抱著一大疊書，看起來在趕時間呢。還是老樣子，閒不下來呢。」

「畢竟他是個能幹的人才呀。我也想去看看睽違已久的大圖書館，順便見千秋一面。好，那接下來進行圖書館約會囉。」

「……大老闆你也依然是老樣子呢。」

於是我們二話不說，立刻朝座落於文門之地的大圖書館前進。

圖書館就在大學的隔壁，是一棟由綠色磚瓦砌成的老舊建築。與旁邊採近代風格的大學相比，這裡不知道該說是充滿復古風情還是什麼。

「妳看旁邊有一棵大樹對吧，那是栗子樹喔。」

「喔喔，這麼一說，的確聽千秋先生介紹過，文門之地的大圖書館有棵栗子樹，而狸妖最喜歡栗子之類的堅果。」

「是呀，雖然現在連葉子也全掉光了，不過每到秋天時，會有許多栗子的毬果掉落在樹下，圖書館的館員們就會烤栗子招待我們吃。」

踏入建築物後，發現鋪著綠色地毯的走廊上似乎掛了眾多複製名畫作為裝飾。其中還包含在現世也廣為人知的名作。

據大老闆所說，文門之地這裡同時負責調查異界各地的文化、歷史與技術，並加以保存。

圖書館內劃分成數個區域，有校外人士也能自由借閱的大眾閱覽區、學生可自由進修的自習區，以及研究員與學者才能進入的專業書籍區。目前這個時段，館內幾乎沒什麼人。

一部分也是因為正值年底，校外人士特別少。

「哇～～」

踏入大眾閱覽室，占滿整面牆的書架與成千上萬的藏書映入眼簾，讓我幾乎眼花撩亂。

室內瀰漫的舊書香味令我感到莫名地熟悉……

「從前從前，有一位老爺爺上山砍柴，有一位老奶奶去河邊洗衣服……」

一陣溫柔的女聲傳來，正在為孩子們念繪本。

從我們這裡也能看見小朋友們認真聽故事的表情。

「啊啊！」

就在此時。

來自二樓的一聲驚呼劃破了寧靜，讓我嚇得跳了起來。

抬頭一看，發現千秋先生從二樓的扶手探出身子。

千秋先生大呼小叫的聲音招來館內讀者的凶狠目光，於是他急忙摀住自己的嘴。他一邊鞠躬哈腰，一邊匆忙地朝我們走下來……

「大老闆！大老闆！好久不見了！我聽院長說您平安無事，真是太好了！」

「是呀，千秋。也多虧有你在背後各方面協助。你幹得很好。」

「嗯嗯！是！太好了～」

千秋先生看見許久未見的大老闆健健康康的模樣，開心得雙眼泛淚。

「話說回來，千秋。我聽院長說你的新婚夫人也在圖書館？」

「咦？啊、啊哈哈。祖母大人真是的，平常口風明明很緊，這種時候卻很大嘴巴……」

千秋先生發出苦笑。而我慢了一拍才驚呼：「咦咦！」

不小心大叫的我，使得周遭的讀者再次對我們投以銳利的視線。

於是我們先暫時退回到走廊上。

「千秋先生，你什麼時候結婚了？對對對、對象是誰……？」

「葵小姐，請您冷靜點。對方跟我從學生時代就結識了，並不像您跟大老闆一樣還處於新婚的恩愛蜜月期啦。」

「既沒有新婚也沒有恩愛好嗎！」

「哎呀～應該說在我的立場看來，非常像一對新婚佳偶嗎……」

千秋先生搔著後腦勺傻笑，不過卻莫名害臊似地錯開視線。

「至於我跟內人的狀況呢，早在先前已經締結婚約了。因為許多因素，前陣子才終於成親。我也想不到自己竟然有成家的一天就是了。」

這件事要是傳入天神屋女服務員的耳裡，恐怕會讓不少人大受打擊吧。

大老闆輕輕拍了拍千秋先生的肩膀。

「千秋，你放心。你雖然平時身段柔軟，實際上可是優秀的文門狸。以首席畢業生身分念完大學的你擁有這般聰明才智，又在門房長這份工作上培養了待客服務的貼心，還擁有奔波各地的行動力。有誰像你一樣集所有才華於一身呢？你肯定能成為善待妻子的好丈夫吧。」

「大老闆，感謝您這番誇獎。」

「……咦咦？千秋先生大學是以第一名畢業嗎？」

「葵，妳從剛才開始就吃驚連連呢。」

千秋先生還在為大老闆的話語感動，我卻不看場合搶先做出破壞氣氛的反應，讓大老闆也有點傻眼。

「啊、啊哈哈！哎呀～因為我的家庭要求我必須達到這種成績嘛。而且我也不討厭念書。」

千秋先生果然虛懷若谷。

如果只認識平常擔任門房長的他，並不會發現他的這一面。聽說千秋先生爽朗大方又懂得配合氣氛，不會給人高不可攀的感覺，所以在女服務員之間相當受歡迎，沒想到條件竟然如此優秀……

「好了好了，大老闆跟葵小姐請往這邊，我帶兩位去個有趣的地方。」

千秋先生用往常對待客人的低姿態，連我帶在身上的包袱巾也搶著幫忙提，並為我們帶路。

雖然被大老闆吐嘈「這裡可不是天神屋」，他仍露出大方的笑容回答「我自願服務」。

「大老闆、葵小姐，這裡就是大圖書館內的歷史古書管理室。」

「歷史古書管理室？」

「是的。所有關於隱世、常世與現世的歷史的重要書籍都被保管於這空間內，只有特定人士才能進入。因為我姑且還算是專門研究這些的學者，可以自由進出。」

「我們進去沒問題嗎？」

「嗯嗯。我已經向院長祖母大人請求許可了，而且也有些事情想先告知兩位。」
千秋先生說出這番耐人尋味的話，伸手覆上歷史古書管理室門前高掛的圓形石頭。
門扉隨之自動敞開，實在是太高科技了……
沒有任何人影的室內光線微暗，利用有一定高度的書架劃分出各區域。
這間圖書室的深處擺了幾張高高堆疊大量書本的大木桌，遮蔽了前方的視野。
「千秋，我要的東西你買回來了嗎……呃，啊！」
一個人影從書本上方探出頭來。對方留著一頭咖啡色的齊肩波浪短髮，脖子纖細，是個身材嬌小的女性。她那對凜然有神的細長雙眼，給人的印象有別於春日與千秋先生。
「啊啊啊啊！討厭啦你！要帶人進來先說一聲嘛，千秋！害我頂著一頭亂髮！」
「哎呀～因為剛好在外頭巧遇啦～妳的髮型跟平常沒兩樣呀。」
該不會……不對，不用懷疑，這位女性就是千秋先生的……？
對方躲到千秋先生身後整理頭髮。
「呃～不好意思。兩位應該也明白了，但仍容我介紹一下。這位是楓小姐，也是在大圖書館擔任圖書管理員的文門狸，同時也是我前些日子剛娶的妻子。」
看大老闆深深低頭致意，我也跟著有樣學樣。
「幸會幸會，千秋夫人。我是天神屋的大老闆，這位則是我的內人，名叫葵。」
「呃？理直氣壯稱我為內人？」

事到如今我連澄清都嫌麻煩了。我向對方自我介紹：「我叫津場木葵。」

「哎呀！果然跟我所猜想的一樣！」

楓小姐把外褂也穿好，從千秋先生後方現身。

「這麼急急忙忙的真是抱歉。如同剛才所介紹，我叫楓，是歷史古書管理室的室長兼圖書管理員，順便是千秋的妻子。」

「只是順便而已嗎？」

楓小姐換上英氣凜然的表情，用乾脆大方的態度自我介紹，簡直無法想像剛才那副慌了手腳的模樣。

「看來妳似乎知道我目前停留此地的消息呢。」

「是。關於天神屋大老闆的事情，我已經從院長口中了解原委。我也針對這件事進行了一點調查……關於隱世的歷史——以及身為隱世過去的支配者，卻被用謊言包裝、讓事實遭到掩蓋的『剎鬼』一族。」

「……」

「……隱世過去的支配者。」

我仰頭望向身旁的大老闆。他仍一臉嚴肅，靜靜地壓低眉頭。這是否與剛才大老闆告訴我的那些有所關連……

「楓，先不說這個，關於妳要我跑腿張羅午餐便當的事，學院裡的食堂跟販賣部今天開始放假，什麼都沒賣。害我跑一趟商店街買了飯糰回來。」

「喔喔，謝了。我肚子都餓扁了，不過少了食堂跟販賣部可真不方便耶。」

千秋先生從懷裡取出海苔跟米飯分隔開來的超商三角飯糰，在現世也很常見這種設計。

現在這個時代，竟然連隱世都有這種飯糰，令我大吃一驚。雖然知道這裡四處都有機能類似超商的商店，不過沒想到還真的有賣這些超商會出現的東西。

「葵小姐應該再熟悉不過了吧。」

「那當然，雖然也沒有那麼常吃就是了。」

我興致勃勃地看著超商飯糰，此時——

「我去現世出差時倒是常吃喔，最喜歡的就是梅干跟鮪魚口味了。」

「是喔……大老闆，比起手工的濕軟口感海苔飯糰，你更喜歡超商口味嗎？」

「不不不！我對葵親手做的飯糰的愛更甚百倍！不對，是五百倍。不對，是五萬倍！」

「好、好了啦，大老闆。你太誇張了……冷靜點。」

我並無意試探，只是純粹想說如果他偏好超商款，我以後捏飯糰就設法把海苔擺在最後步驟罷了。

看大老闆急忙解釋的模樣真逗趣……心裡又有點開心，不禁呵呵笑出聲。

不然下次做個梅干和鮪魚的飯糰給他吧。

「欸，千秋先生。文門之地這裡有什麼特產或特色料理嗎？」

「這個呢，老實說沒有特別吸引人的土產。啊！糖煮栗子的話倒是有特別受歡迎的產品，不過大概也只有這樣了。那些每逢假日準備回鄉的學生都說，因為這裡沒有像樣的伴手禮，乾脆把工廠製造的超商風格飯糰當成土產帶回家呢。」

「啊，喔喔。畢竟的確是很稀奇的產品呢。」

楓小姐也跟著補充說明。

「文門之地的居民生活步調緊湊，捨不得浪費一分一秒，所以發展出的飲食文化全是一些能簡單快速攝取營養、三兩下就能吃完的東西。餐飲業也是，比起料理的美味度，大多店家都更重視速度跟翻桌率。基本上都是賣一些烏龍麵、蕎麥麵、預先做好的熟菜，或是工廠製造好的現成品。」

「沒錯沒錯。以外地妖怪的角度來看，應該都覺得這裡的東西難吃得要命。不過時間久了味覺也已經麻痺就是了。」

「另外，這裡女性工作者特別多，像我也是對料理一竅不通。基本上都是選擇方便購入又能快速解決的東西來應付三餐。」

「但是因為這樣就使喚丈夫跑腿，我個人不怎麼苟同就是了……疼疼疼！」

忍不住發起牢騷的千秋先生被楓小姐狠狠捏了臉頰，變得淚眼汪汪。

「欸，千秋先生。既然你都結婚了，那未來有什麼打算？會像春日一樣辭掉天神屋的工作，回來文門之地這裡嗎？還是楓小姐會搬去鬼門之地？」

「這個嘛～因為我們都熱愛自己的工作，所以應該會分居兩地吧。週末我就回來這裡一趟之類。」

「用不著每週都回來一趟，太頻繁了。老公只要身體健康、有賺錢回來就好，人不用回來。以上。」

「看吧～她就是會這麼說，真是不可愛對不對～啊疼疼疼疼疼！」

這次楓小姐若無其事地掐了一下千秋先生的側腹。

總覺得……嘴上雖然不饒人，其實他們還是恩愛得很嘛。

而且還願意尊重彼此的工作，真是嚮往這種跟得上時代的夫妻關係。

「葵跟我結婚之後有什麼打算？到時也沒理由留在夕顏工作了。」

「嗯……是啦，不過我想繼續經營那家店，好不容易才剛上軌……道。」

話說到這裡，我的臉頰才突然一紅。

我、我是怎麼了。

我幹嘛理所當然地考慮起嫁給大老闆之後的人生規劃！

「嗯哼嗯哼，現在果然來到了女性投入職場的時代啊。我想支持葵的事業野心，看來還是得回去天神屋當大老闆嗎～」

「為什麼決定大老闆回不回去的關鍵變成這個啦！」

我們兩個一搭一唱就像在說相聲，讓千秋先生跟楓小姐都別過臉偷偷笑出聲。

看見他們的反應，讓我也莫名笑了出來。

像這樣笑著，好像就能夠忘卻一切。

在度過如此和平的時光同時，決定性的關鍵時刻也一分一秒逼近。

走到這一步，我能做的事情已經所剩無幾。

但是這樣一來，此刻的我該如何是好？

無論多渺小都好，我希望自己能創造任何一個扭轉的希望，成為大老闆與天神屋的救贖。

「大老闆，今晚想吃什麼？」

從大圖書館離開，我們背對著鐘塔踏上歸途的同時，我馬上詢問大老闆關於今天晚餐的意見。

「這個嘛，說到新婚果然還是馬鈴薯燉肉……吧。」

「這是哪來的知識？單純是你想吃吧？」

「妳要這麼解讀我也不介意喔。」

果然只是想吃馬鈴薯燉肉啊。

大老闆意外地偏好簡樸的家常菜。

「好啦。不過牛肉、馬鈴薯和紅蘿蔔這些材料，罌粟花莊通通都沒有，必須找個地方買回去才行……」

「既然如此，有個好去處喔。妳今天過來的路上沒發現嗎？」

「啊！真的耶。山坡下有間好大的商店……呃，超市？」

一間商店就開在我們的據點「罌粟花莊」的山腳下，上頭掛的招牌大大寫著「紅葉超市總店」。

聽說文門之地這裡有名為「狸貓超商」的便利商店，以及「紅葉超市」的連鎖超市。不過現在明明正值傍晚尖峰時刻，超市生鮮區的客人卻寥寥無幾。反觀販售現成的熟菜與便當區域，空間相當寬廣又有豐富的品項，擠滿了人潮。

「這裡的妖怪果然都買現成的小菜跟便當回去吃呢。」

「我聽說文門之地這裡大多都是雙薪家庭，家裡幾乎不開伙的。這也可說是這片土地獨有的特殊情況呢。」

「自己做菜明明很有樂趣的。」

不過，也是有點道理。想做點精緻的菜色需要耗時費工，而且構思每日菜色時若還要考慮到食材的消耗速度，也是頗累人的。簡單來說只有麻煩二字。

「以我來說，畢竟料理本來就是興趣，現在還成為工作，所以算得上樂在其中。對於其他人來說，也許真的會嫌麻煩吧。」

「可是我聽說葵的料理大多都很省時方便，能夠三兩下輕鬆完成，而且又美味。如果妳出個類似主題的料理書，也許能幫助那些工作之餘仍親手準備三餐的母親省點力喔。」

「嗯哼……料理書啊……我真的能勝任嗎？」

出書這種事情對我來說已遠遠超過自身專業領域，所以沒什麼概念。不過，原來這也是一門商機啊。

搞不好能成為我還清債務的大好機會呢……隨口說說的啦。

好了好了。回到別墅後，我馬上前往廚房。

那間紅葉超市不愧是總店，品項十分齊全，讓我順利地採買完畢。

特別令我感到新奇的是，那裡還有販售在現世超商與超市可見的那種土司，就連食物調理包跟加工類罐頭食品都有呢。

至今以來，雖然在隱世不難看到現世的食材，不過全都是從現世進口過來的商品。而文門之地這裡則是獨立研究開發出自己的產品，這一點實在很新鮮。

我看大老闆似乎閒閒沒事做，於是試著拜託他坐在夕陽西下的外廊上幫我挑掉豌豆莢的粗纖維。看他喜孜孜地幫忙幹活，該說真像他的作風嗎？

「葵大人，我也來幫忙吧。」

阿蝶小姐不知從哪裡現身，提出了幫忙的要求。於是我請她把豆腐的水分瀝乾，好用來製作後續的料理。

「對了，阿蝶小姐。白天做的便當妳有吃掉了對吧？而且妳還幫我把便當盒洗好了，真是謝謝妳。」

「不會，本來就是份內工作。」

阿蝶小姐依然保持酷酷的態度。不愧身為黃金童子大人的眷屬，除了個性能幹可靠之外，手腳也很俐落。她說自己也具有基本的料理能力，所以平常應該是由她負責親手下廚招待來訪別墅的客人吧……

好了，該來著手製作馬鈴薯燉肉了。

我平常偏好使用雞肉來製作懶人速成版本，節省燉煮入味的時間，不過這次要來製作正統的牛肉版本。

使用材料有牛肉片、馬鈴薯、胡蘿蔔、洋蔥、蒟蒻絲以及豌豆莢。

使用醬油、砂糖、味醂與酒調配醬汁，細火燉煮出入味又鬆軟的美味馬鈴薯燉牛肉吧。

用稍大一點的鍋子先把牛肉炒熟，再將預先切成滾刀塊的紅蘿蔔、馬鈴薯，以及切角的洋蔥下鍋拌炒。倒入調味料並燉煮一會兒，再放入蒟蒻絲繼續燉煮。要記得蓋上內蓋。

利用這段空檔，緊接著來製作「豆腐泥涼拌菠菜紅蘿蔔」吧。

「這道還能當成明天便當的配菜呢。」

大老闆說過，只要在停留此地的期間每天幫他做一個便當，就願意解答我一個問題。所以明天也勢必會幫他準備吧。

這件事就暫且放一邊，豆腐泥涼拌菜是我的最愛。

這不但是日式料理的必備小菜，而且爺爺也很喜歡，所以我以前常常製作各種創意版本。可以換成蓮藕啦、蘆筍配玉米啦、或是油菜花等等，變化無窮。

不過今天選擇了最經典的菠菜搭配紅蘿蔔。

菠菜是剛才跟大老闆去超市時採買的。用滾水稍微燙過立即泡冰水，冰鎮過後擰乾水分，切成三公分長。紅蘿蔔則切成細絲狀用鹽抓過之後備用。

豆腐泥涼拌菜的美味關鍵，取決於香濃的芝麻風味與豆腐的甘甜。

趕時間的話我會使用現成芝麻粉，不過今天想多下一道工夫，將芝麻粒下鍋稍微翻炒後，再使用研磨缽與磨杵仔細磨成粉。

油分開始滲出之後，濃郁的芝麻香氣也隨之瀰漫整個室內。

此時加入剛才請阿蝶小姐幫忙瀝乾的豆腐，研磨至呈現滑順狀。

再加入高湯、薄口醬油與砂糖並且攪拌均勻，最後放入蔬菜拌勻即可。

豆腐涼拌菜到此便大功告成。

「葵大人，馬鈴薯燉肉的醬汁已經差不多快煮乾了。」

「喔喔，時間正好呢。」

我湊近看著鍋中的馬鈴薯燉肉。啊啊，味道真香。

先把鍋裡的材料略為攪拌一下，熄火後繼續把內蓋留在鍋裡悶一會兒。

趁這段時間，我使用剩餘的蔬菜煮好味噌湯，然後去提醒大老闆。他已把豌豆莢的粗纖維全挑掉了，正在外廊上仰望著微暗的冬日天空。

從這裡可以清楚看見被綠色妖火照亮的細長鐘塔。

「大老闆，馬上就能開飯囉。」

「嗯，我正好肚子餓了。」

「……你坐在那不會冷嗎？」

「有一點。不過我喜歡冬天入夜後的氣氛。總覺得有股難以言喻的感慨。」

大老闆如此說著，又繼續仰望夜空。他的模樣在我眼中看起來有那麼一點寂寞。就好像在緬懷著存在於遙遠某處，我所不知道的地方。

總算見到面，卻仍覺得彼此之間的距離依然好遠。

關於大老闆，我幾乎一無所知。

我想更深入了解你的一切。包含你的心願……

然而，同時也害怕面對真相。

「……」

我悄悄搖了搖頭，拿著豌豆莢回到廚房，完成料理之後端往客廳。

大老闆早已拉上外廊的木板窗好讓室內溫暖一點，等著料理上桌。

還準備了暖爐桌。

今天早上明明還沒看到，不知道他從哪裡弄來的……

「嗯！好吃。馬鈴薯燉肉為何如此挑動食欲呢？等我們結婚之後，每天的晚餐時光就會是這種感覺嗎？真令人期待呢，葵。」

「真不懂你為何講得好像已成定局一樣。」

大老闆品味著馬鈴薯燉肉的同時，仍不忘講一些分不清是真心還是玩笑話的胡說八道，把我耍得團團轉。

不過，像這樣的夜晚，在小小的房間裡，聚在小小的暖爐桌前慢慢享受簡樸而充滿溫度的一餐……感覺好久沒有度過如此安穩的時光了。

簡直就像被爺爺收養後，有個伴一起吃飯的那段日子。

然後我不禁心想。

這樣的時間，如果能永遠延續下去該有多好。

「那個啊，大老闆。」

「……嗯？」

「……」

就這樣維持現狀，不需要改變，不需要面對。

無論是關於你的事，還是我的內心。

「不……沒事啦。」

然而我跟大老闆彼此都很清楚，這是不可能的。

既然大老闆對我攤開所有「真相」，那下次換我必須向他坦白了。

第三話

五色和風三明治午餐盒

又夢見那一段睽違已久的過往。

我在昏暗的房裡，吃著一位戴純白面具的妖怪拿來的「東西」。

為我送來這份食物的，是銀次先生。

不過，那東西到底是「什麼食物」？

當時的我究竟吃下了什麼？

銀次先生曾告訴我那是能改變命運的珍貴食物，但無法提供更多細節。

我至今仍未明白，那時拯救了自己的這個東西，究竟「真相」為何。

〇

「……唔唔，好冷。」

好寧靜的一個早晨，今天的我有順利在人類該起床的時間好好起床。

寢室內雖然設有妖火充當暖爐，不過身子依然滿是寒意，於是我迅速換好衣服前往廚房。

大老闆說過，我每天幫他做一個便當，就能換取一個關於他的真相。

今天要做什麼好呢？是說大老闆今天又有什麼打算呢？

「呃，竟然已經起床了。」

正當我要穿越客廳時，發現大老闆正朝庭院池塘裡的鯉魚灑餌。

一股無言以對的無力感向我襲來。

「葵，早啊。難得看見剛起床的妳，感覺真新鮮。」

「大老闆，你平常都這麼早起啊？明明是妖怪。」

「睡太晚就吃不到葵做的早餐了不是嗎？畢竟我雖然很期待便當，但也喜歡吃早餐啊。我從昨晚就寢時就已經滿心期待隔天的早飯了。」

「發育期嗎你？大老闆你是正值發育期的男孩子嗎？」

他還是一樣令人摸不著頭緒。

我從昨天就在想，大老闆這種悠哉的慢郎中性格，根本無法跟鬼聯想在一起，卻被當成駭人的邪鬼……果然很沒道理。

哪有鬼會像他一樣因為太期待明天早餐而起個大早？

哪有鬼會幫庭院裡的鯉魚灑飼料？哪有鬼會被爭食飼料的發狂鯉魚噴得滿身是水？

「好啦，早餐吃最基本的就行了吧。」

「當然，我喜歡一般的家常早餐，最平凡無奇的那種。」

「是是是，反正我做的就是些平凡無奇的家常菜。」
「就是這樣才好啊。對了，有沒有需要幫忙的地方？」
「嗯～不用，早餐的東西昨天我就先準備了，而且真的只是很簡單的菜色，三兩下就能搞定。大老闆你呢，我想想……如果真閒著沒事幹，就去幫忙澆花吧。」
「我已經澆過了。」
「呃，嗯……那不然去除草。」
「……了解！」
大老闆就這樣直接跑去拿掃除工具了。我一邊目送他離去，一邊前往廚房。
還真是平凡無奇的一日之始，這安穩的時光反而令我有點害怕。
「不不不，想太多也無濟於事。我必須幫大老闆做個美味的便當，這才是我這次的使命。」
現在就只要好好珍惜能與大老闆相處的時間。
等從他口中得知一切之後，我也有些事情必須清楚傳達給他。
「咦？」
打開廚房裡的冰箱，發現有個東西被包圍在冰柱女所製造的冰板之中。
我好奇地打開來一看，沒想到竟然是正值產季的白腹鯖魚切片！
「咦！咦？為什麼這裡會出現這東西？我不記得自己有買過耶。」
就在此時，一臉得意的大老闆突然插嘴：「是我買回來的！」

「我一大早就跑去魚舖，買了生食用的鯖魚回來喔。西北與西方大地這時期捕撈的白腹鯖最美味了，原本因為寄生蟲等衛生問題而被認為不宜生食，不過這附近一帶的海域捕獲的白腹鯖是生食等級的。我想說也讓葵嘗嘗。」

「咦……就像九州海域的鯖魚耶。這可真開心，來做個芝麻鯖魚生魚片好了！」

「不錯耶，畢竟趁新鮮吃最美味吧。」

「嗯嗯，感覺今天早餐會很豐盛呢。謝謝你，大老闆！」

聽見我道謝之後，大老闆一臉心滿意足地繼續去清掃庭院了。

他一大早起來的目的，難道就是為了弄到這個？

「原來只要花點心思找找，西北大地這裡還是有些新奇的食材嘛。」

我帶著喜孜孜的心情立即著手準備料理。

所謂的芝麻鯖魚並不是鯖魚的品種，而是福岡博多地區的地方料理。

我將大老闆幫忙買回來的生食等級鯖魚片切成方便入口的大小，用醬油、味醂、酒、薑泥與白芝麻粉調配成醬汁來醃漬，步驟只有這樣。

「好，趁醃漬的時間要來繼續製作其他配菜。昨天的豆腐涼拌菜還有剩，再來就做個……紅薑口味的嫩煎雞蛋捲，再用根莖類蔬菜煮個味噌湯。」

由於廚房內備有大量的雞蛋，製作雞蛋類料理完全不成問題。

添加紅薑的雞蛋捲，比起一般原味更多了一種大人的成熟風味。

昨晚預先準備好的手工美乃滋則是提味的關鍵。在蛋液中各加入一小撮鹽與砂糖攪拌後，使用雞蛋捲專用鍋具煎成一層層的薄蛋皮，同時灑上紅薑並層層捲起。

將煎好的成品倒入盤中，黃澄澄的雞蛋捲軟嫩得抖動，我露出滿意的微笑。

一股淡淡的紅薑香氣也隨之飄盪而來。

根莖類蔬菜味噌湯則是利用切剩的零碎蔬菜煮成，是我平常最常做的料理之一。用昨晚先準備好的小魚乾高湯搭配綜合味噌，三兩下就搞定。

「葵！」

此時廚房後門突然被打開，現身的是剛才還在打掃庭院的大老闆。他身穿日式工作服，造型就像天神屋裡的鐮鼬。

「呃，欸！大老闆，別急啦！早餐馬上就好。」

「不，我不是因為迫不及待用早餐才闖進來，是千秋來了。」

「千秋先生？」

從大老闆身後探出頭的。正是天神屋門房長千秋先生。

不知怎麼地，他露出一臉不好意思的表情……

「那個～葵小姐，事出突然，能不能拜託您今天準備十人份的便當呢？」

「十人份？這到底是怎麼了？」

「嗯嗯，就是呢……因為校內大約有十位學生要留在宿舍過年……但宿舍的食堂已經休息了，而且他們又埋首於自己的研究、學業與興趣之中，三餐都吃得相當隨便，所以院長祖母大人吩咐我要好好照料他們的伙食。我想說可以的話就來拜託看看葵小姐。」

「啊……原來如此，對學生來說也是個好機會呢。」

大老闆將視線掃向後方的千秋先生，輕輕發出了笑聲。

「是的，若得知伙食是現世人類製作的便當，就算是平常對吃沒興趣的他們，肯定也會產生好奇心吧。啊，不過葵小姐您不需要太費心準備，光是您親手製作的料理，對妖怪來說便是充滿營養價值的豐盛佳餚了。」

「你都這麼說了，讓我想拒絕也難耶。好呀，區區十人份不成問題，反正我本來就打算幫大老闆準備便當。」

「真、真的可以嗎？哇～不好意思，在這麼重要的時刻麻煩您，謝謝葵小姐。」

千秋先生連連向我低頭致謝。

由於大老闆說既然來了就順便吃頓早餐再走，於是千秋先生最後也一起留下來用餐。

「今天早餐可豪華了喔。大老闆一大早跑去買了生食用的鯖魚片回來，所以我試著做了芝麻鯖魚生魚片。聽說西北大地這裡的鯖魚是能生吃的。」

「對耶！就連身為在地人的我都差點忘了，話說鯖魚的確算是這地方的特產呢。」

我幫大老闆與千秋先生盛好剛煮好的白飯後遞給他們。

將芝麻鯖魚裝入小碗中，灑上切好的蔥花之後上桌，當成早餐的配菜之一。

直接吃就很美味，鋪在白飯上當生魚片丼也很棒，做成茶泡飯更是一絕。

「文門之地這裡的人不會生吃鯖魚嗎？」

「不，當然會囉。只不過做成壽司或生魚片生吃的習慣太過普及，所以已經忘記能生吃的鯖魚本身就很稀奇。」

我迫不及待快速說了句「我要開動了」，接著馬上嘗了口芝麻鯖魚。

魚肉裹滿芝麻的香濃與薑泥強烈的香氣，並融合醬油的風味。新鮮鯖魚獨有的口感與毫無腥味的緊緻肉質，讓我不自覺地露出微笑讚嘆：「啊啊真幸福。」

竟然一大清早就吃得這麼好。

若再多醃上一段時間，魚肉會更加入味一些。不過短時間醃漬更能享受到新鮮鯖魚本身的風味，另有一番美味。

千秋先生將芝麻鯖魚擺在飯上做成丼飯享用，青背魚類的銀色外皮搭配紅色肉身層層交疊，形成華麗的畫面。

他一口一口細細地品嘗著，不時夾點豆腐涼拌菜，或是喝口味噌湯來換換口味。

「哎呀～葵小姐親手做的料理果然很暖胃呀，而且調味相當絕妙。現做的早餐能為今天一整天帶來活力呢。」

大老闆邊吃著紅薑口味的雞蛋捲，邊笑而不語地看我們陶醉在芝麻鯖魚中。隨後他也夾了小碗裡的生魚片享用，才吃第一口就點點頭，臉上表情寫著「就是這一味」。

「嗯，果然新鮮的鯖魚就該拿來生吃。平時在鬼門之地只會吃烤鯖魚或醋醃鯖魚，所以我一直想趁停留此地的期間嘗嘗這道料理。」

「噢？大老闆，剛才明明說是為了想讓我嘗嘗，其實根本是自己嘴饞吧？」

「嗯？啊～嗯……哎呀！身為人夫當然會想讓愛妻也嘗嘗自己心中的美食呀。」

大老闆開始說起牽強的歪理。好吧，反正事實上真的很美味，就饒過他吧。

「哎呀～大老闆果然是個好老公呢，我下次也去幫楓買條鯖魚回來好了～啊，但我們夫婦倆都不會做菜。」

「這有什麼問題。你可以先向葵請教芝麻鯖魚的做法，再做給她吃就行了。」

「原來如此，這是個好主意呢。」

「丈夫一起幫忙家務是今後的時代趨勢。我也差不多該從小助手畢業，朝著能幹的老公這個目標努力……」

「……」

兩個新手老公此刻正式結盟，開始高談闊論起能幹的丈夫這種莫名其妙的主題。

我打量著這兩人，默默吃完芝麻鯖魚。

啊～真是美味！

「唔！一大早好像吃得有點太撐了。」

都怪芝麻鯖魚太誘人，讓我忍不住多續了一大碗的飯，吃到一半還做成茶泡飯。

不過，千秋先生這一趟的主要目的可不是來吃芝麻鯖魚，而是委託我做便當。

在吃飽後喝杯茶喘口氣，接著我們開始進行菜色的討論。

最經典的幕之內便當（註1）？海苔便當？還是日式炸雞便當？

「嗯～但是做成便當就勢必不能趁熱吃了。我想說還是選擇放涼也好吃的東西比較好，打算做一些夾餡比較精緻的三明治，這主意如何？」

「噢噢，三明治。我在現世也常吃喔。」

「那大老闆你先自己想想喜歡什麼餡料。」

先不管折著手指頭細數「雞蛋沙拉～火腿萵苣～馬鈴薯沙拉～」的大老闆，我繼續詢問千秋先生。

「對了，千秋先生。昨天我去逛了一下紅葉超市，發現有賣袋裝土司耶。文門之地這裡也有吃土司的習慣嗎？」

「嗯～土司出現在市面上是最近兩三年的事情就是了。對於想快速解決早餐的在地居民來說

註1：誕生於江戶時代後期，是可在能劇、歌舞伎表演休息時的幕間快速食用的便當，後演變為鐵路便當。內容物主要是白飯加上烤魚、煎蛋捲、魚板等方便攜帶的食材。

很符合需求，所以相當普及。跟其他地區相比，在這裡已經算是很普遍的食物了。」

「原來是這樣啊。那三明治也很常見嗎？」

「這倒沒有。雖然這裡的居民會烤土司搭配抹醬來吃，不過中間夾餡料這種做法不算常見。當然我想應該還是有人這麼做啦。」

「三明治這種輕食，特別想推廣給忙碌的族群呢。畢竟本來就像是為他們量身打造的食物，而且還有三明治伯爵這樣的由來。」

「三明治伯爵？」

「葵，那是什麼？」

千秋先生跟大老闆露出極度詫異的表情。

「這個嘛，三明治伯爵是指很久以前存在於現世裡的一位外國貴族。在打牌時會拿著夾了肉跟菜的麵包食用，就可以解決一餐又不用離開牌桌，於是後世就普遍稱這種食物為三明治。」

就算正在專注進行某件事，也能一邊拿著三明治吃，不需要停下手邊工作。

之前我也曾為薄荷坊先生做過方便拿著吃的一口便當，果然這類型的食物對於某部分族群來說是一大福音呢。

特別是三明治，可以從夾餡中同時攝取蔬菜與肉類，感覺很符合文門之地這裡忙碌的妖怪們的飲食需求。

「文門之地這裡原本就是研究員的聚集地，所以對於異界事物感興趣的妖怪也很多。尤其學生族群對現世抱有強烈的憧憬，感覺三明治也能成功打中他們的心。」

經過一番討論，我們決定立刻開始替學生製作三明治。

這次的助手有大老闆與千秋先生。

「多了個人手真是太好了，畢竟需要準備十人份。」

「楓下令說既然都勞煩葵小姐了，再怎麼說我也應該留下來幫忙。」

「呵呵！千秋也是個對妻子唯命是從的好丈夫呢。」

「……大老闆，這種好丈夫的定義你到底是從哪聽來的？」

好了好了，無謂的閒聊到此為止。

這次製作的三明治不只一種，預計會準備五種口味。

首先要湊齊不足的材料，於是我寫了便條交給大老闆與千秋先生，派他們去超市跑腿。

他們倆乖乖地出發採買後就直接回來，沒有在外遊蕩。

嗯，兩位似乎都有成為好老公的潛力。

「我們按照採買清單買了各種材料回來，不過妳到底打算做成什麼樣的三明治呢？有些食材無法想像用途耶。」

大老闆邊打開購物袋邊問我。

我開始清點品項順便回答。

「我要使用大量營養豐富的蔬菜，做成各種和風口味的三明治午餐盒。是那種尺寸小巧的方形三明治，好讓忙碌的學生快速食用。」

我先把需要的蔬菜拿去蒸，趁這段時間把剛才手寫的三明治品項表遞給大老闆與千秋先生。

第一種　什錦鮮蔬馬鈴薯沙拉三明治

第二種　雞蛋沙拉佐醃蘿蔔絲三明治

第三種　味噌炸豬排三明治

第四種　鮪魚紫蘇三明治

第五種　手工花生醬三明治

「花生醬是什麼東西？」

「哎呀？連大老闆都沒聽過嗎？也是。縱使常跑現世，能遇見花生醬的機會也許不多吧。但還算是到處都有賣的食物喔。畢竟大老闆之前連可可粉都可以誤認成巧克力而買錯啊。」

「啊哈哈哈哈哈哈哈哈哈哈哈！」

「……咳哼，千秋，你笑得太誇張了。」

花生醬這項配料，是我剛才趁兩人跑腿時的空檔做好的。

因為猜想到紅葉超市再怎麼樣也不可能買得到花生醬吧。

「其實做法意外簡單喔。我將昨天買好的花生放進靈力調理機磨碎成粉狀，再加入北方大地產的奶油、蜂蜜與砂糖繼續打勻就行了。這東西跟土司是絕配喔。」

接下來該分配工作了。

餡料基本上由我來負責製作，當然也有需要這兩人幫忙的雜事。

「千秋先生幫忙把土司邊切掉。大老闆呢，負責剝水煮蛋的殼。」

「好的～了解。」

「剝水煮蛋殼可是我最得意的專長喔。」

呃，好。兩位都幹勁十足是最好不過了……

第一項任務完成後，千秋先生繼續幫忙把鮪魚罐頭倒入調理盆中，與切絲的青紫蘇葉攪拌均勻。大老闆則負責把水煮蛋搗碎、將醃蘿蔔切絲等工作。兩人依照我另外寫在紙上的指令，完成後續步驟。

「總覺得令人回憶起南方大地那段日子呢，葵。」

大老闆還是一樣想自告奮勇幫忙，這次也同樣幹勁十足。

「這種沒鋪地板的傳統廚房，的確讓我想起在南方大地期間做為據點使用的那地方呢。當時受了大老闆許多的幫助。」

我讓兩位男性助手去客廳桌上進行作業，我則留在廚房把蒸好的蔬菜裝進竹簍裡。

就我個人來說，偏好只簡單加點鹽跟胡椒的馬鈴薯沙拉。不過這次要做給學生吃，而且是搭配土司，所以想加強一下調味。

蔬菜部分除了必備的馬鈴薯、紅蘿蔔以外，還有泡水切絲的洋蔥、小黃瓜、超市買來的萵苣、甜椒以及火腿。

「……一切起小黃瓜就會想起小不點呢。」

不知道他過得好不好。

當時我直接跟著黃金童子出發，留下熟睡的小不點在折尾屋的青蘭丸號上。

那孩子最討厭被一個人丟下，現在想必很寂寞吧。之前也曾因為被我留下而離家出走……這次不知道會不會有事？真擔心。

回去之後，真想多準備點小黃瓜讓他吃飽飽。

「眼前的任務是三明治，三明治！」

我像念咒語一般喃喃自語，同時把馬鈴薯搗碎，與其他切好的蔬菜攪拌均勻，用美乃滋、鹽與胡椒調味。

好，馬鈴薯沙拉餡大功告成。

「葵小姐，鮪魚跟青紫蘇葉我拌好了。」

「喔喔，千秋先生，時間抓得正好呢。」

我在千秋先生的呼喚下，過去確認裝著鮪魚紫蘇葉的調理盆。

很好很好，攪拌得均勻。

這一份餡料則用鹽、砂糖與醬油調味來強調和風感，青紫蘇葉則讓整體風味更添成熟。

「葵，我這邊水煮蛋也全都搗碎囉。還把醃蘿蔔也切好了，這真的可以加進雞蛋餡裡嗎？」

「嗯嗯，大老闆。雖然這組合可能的確挺新奇，你就當被我騙一次，一鼓作氣加下去吧。」

大老闆雖然有些許猶豫，還是把醃蘿蔔絲倒入搗碎的雞蛋餡裡。

其中我只加了美乃滋、鹽與胡椒來調味。因為醃蘿蔔絲本身就帶鹹度，調味料真的只需要意思意思加一點即可。

「好了，雞蛋沙拉佐醃蘿蔔絲口味的夾餡完成。」

最後剩下的一種，是最花工夫的炸豬里肌。

將豬里肌肉切塊後做成炸豬排的同時，我再度請大老闆跟千秋先生出馬幫忙。

這次的任務不是雜活，而是正式製作三明治。

在土司表面塗上奶油後，夾入製作好的餡料完成三明治。

「千秋你看好了，我夾的三明治漂亮多了。」

「咦～有嗎？大老闆您的餡料比例都沒有統一嘛～」

兩人在動作的同時一邊像這樣鬥嘴。

現在講這些似乎有點晚，不過千秋先生跟大老闆湊在一起，好像也算滿稀奇的組合。

但千秋先生畢竟是掌管文門之地的院長之子，搞不好以後有望……接任八葉的位子？

「葵，是要切成四方形，而不是三角形嗎？」

「啊，對了對了。你們剛才去超市幫忙買了保鮮膜回來對吧？先用那個包起來再對切，內餡就不會溢得到處都是囉。」

看著兩個大男人一臉認真地進行著不熟悉的作業，讓我都想泛起微笑。同時我也要來動手製作炸豬排的醬汁了。

話雖如此，這次搭配的並非一般炸豬排醬，而是味噌醬。

要使用紅味噌、綜合味噌、味醂、砂糖以及高湯粉攪拌均勻來製作。

在現世說到味噌豬排，最有名的就是名古屋了呢。

記得以前跟爺爺一起去名古屋旅行時，曾經吃過美味的味噌炸豬排。當時搭配的醬汁讓我無法忘懷，回家後還研究了一番並且自己動手試做呢。

「味道要偏甜又濃厚，同時還要配合妖怪的喜好，不能太過重口味……」

將完成的味噌醬塗在瀝好油並且放涼的炸豬排表面，搭配切成絲的高麗菜一起夾進土司裡。高麗菜絲和味噌炸豬排可謂黃金搭檔。

夾好的吐司在酥脆的聲響下一分為二，最後一款三明治也完成了。

「很好～五款三明治都大功告成了呢。」

「哎呀哎呀，看起來真美味。」

「五種擺在一起真壯觀耶～」

然而，最根本的問題來了。

要用什麼包裝這些三明治？這是個大問題。

「完全忘了考慮便當盒的事啦，這裡也不可能有三明治專用的容器……」

「竹葉的話倒是有喔。」

此時從裡間現身而出的，是阿蝶小姐。

她幫忙拿了大量的竹葉與竹繩過來。

「竹葉！是許多民間故事裡都會出現的，拿來包飯糰的那個竹葉嗎！」

「阿蝶，妳拿過來的東西可真令人懷念呀。不過這必須泡過水才能使用吧？我記得好像頗花時間的。」

「請放心，這部分就交給座敷童子的妖術來想辦法。」

「哇～還真是方便的妖術耶～」

於是阿蝶小姐為我們展露了操控水的妖術來快速泡軟竹葉。同時間，千秋先生則幫忙構想如何替三明治進行包裝。

「首先將五種口味橫排成一排，用竹繩簡單捆起來。然後外面再用竹葉包覆，另外用一條竹繩綁緊。」

「原來如此，這樣一來就不會散開了呢。」

大老闆似乎很熟悉竹葉的使用方式，他用俐落的動作幫忙分擔包裝作業。

而我則跟這些從未使用過的道具陷入苦戰中。

「這裡像這樣折起來就行囉。」

「唔……沒想到在廚藝方面我竟然也有向大老闆討教的一天。」

有點不甘心。不過，在大老闆精闢的建議下成功包得漂漂亮亮，讓我很有成就感，也開心了起來。

「大功告成～十人份的三明治，另外加上我們要吃的份～」

我把我們要吃的份也好好地用竹葉包起來，沒有偷吃任何一口。

畢竟還是想好好享受吃便當的氣氛，而且也不希望跟大老闆的約定半途而廢啊。

「欸，所以給學生的便當，我要送去哪裡才好？」

「不，葵小姐幫忙到這裡就行了。我待會兒會送過去。」

「咦，可是……」

「我最多只打算跟學生們說明，這是現世的人類製作的料理。如果透露了是葵小姐做的，那您在這裡的事就會曝光了。您現在的立場可是邪鬼逃犯的未婚妻。」

「……」

對、對耶。一直以來沒特別意識到，大老闆是邪鬼的事情已經人盡皆知，也就意味著身為未婚妻的我將受到高度關注。

「抱歉呀，葵。妳一定很想親自發送給學生們吧。」

「不、不會啦！我之後再透過千秋先生打聽他們的感想就好了。而且我還得跟你吃便當啊。」

看大老闆一臉歉疚的表情，於是我露出大大的笑臉肯定地回應他。

因為我最擔心的就是見到他那樣的反應。

「葵小姐、大老闆，真的非常感謝兩位。時間也接近中午了，請好好享受兩人時光。」

千秋先生將竹葉便當用包袱巾打包，向我們鞠躬道謝後便快步走向鐘塔方向。

希望那些便當能為致力於學業的學生們帶來靈感，或是成為讓他們能繼續加油的活力。

「大老闆，我們要在哪吃便當？」

「這個嘛，我想想……」

我們一起在廚房收拾善後，同時思考著吃便當的好所在。結果大老闆一臉雀躍說道：

「難得做了三明治，不如去野餐吧。今天天氣沒那麼冷，而且這裡有座大型植物園，冬天依然盛開各種花喔。」

「咦～大老闆說出野餐這兩字，還真不是普通地突兀。」

「妳說什麼啊？賞花、賞月跟野餐也差不多呀。難得跟葵一起動手製作三明治，只可惜沒有熱紅茶能配。」

「紅茶呀，的確呢。不過綠茶肯定也很搭的啦，畢竟是和風口味的三明治。」

「醃蘿蔔絲的口味特別令我好奇。」

「因為是大老闆親手切的嘛。」

我趕緊將綠茶裝入水壺內，抱著期待的三明治便當出門。

今天的確是個適合野餐的好日子。雖然是冬天，卻不怎麼冷。

而且我們身上還穿著學生制服，在旁人眼中不知道像不像一對學生情侶。

和大老闆雙雙出遊這種事，現在的我已經相當適應了。

不過，一意識到自己已習慣這一點，倒有點忍不住緊張起來。

「怎麼了？葵，妳的臉有點紅喔。難道是哪裡不舒服？」

「沒、沒有啦！因為文門之地這地方雖然位於北邊，氣溫卻意外地不怎麼低。甚至反而覺得有點熱呢～」

「……？」

在親身體驗過北方大地的冰天雪地之後，這裡格外令我覺得暖和。

入夜之後雖然還是有點冷，不過白天時間只要套件外套，就不至於受寒。

「西方海域的海流溫暖，所以讓這地區能維持一定氣溫，而且不怎麼下雪。會設置植物園，也可說多虧氣候穩定的關係。除此之外，還有個更暖和舒適的好去處喔。就在植物園靠後方的位置，人煙意外稀少，是我很喜歡的一塊地方。」

大老闆說著「這裡是捷徑」，拐進面向鐘塔右邊的大馬路。

植物園似乎位在距離中央設施群有點距離的位置。

植物園占地廣闊，有孩童們在寬敞的草皮上嬉戲，也有老夫婦漫步在設置於其中的步道。園內各區所盛開的花朵各有不同，從這裡也能清楚望見遠方斜坡上的粉色花圃。據說是隱世特有的品種「雪櫻草」，花期是冬季。

在大老闆的引導下，我一邊望著可愛的雪櫻草，一邊順著步道前進。

這座植物園面積真的很大，走進被高大樹木包圍的小徑，甚至讓我懷疑自己不小心誤闖進了森林。

「啊，大老闆你看你看！湖面上有紅色的水鳥在游泳耶。唔哇……仔細一看，有一大群耶。」

每隻水鳥身上的紅色各有不同，有深有淺、有的則接近咖啡色。全都自由自在地悠游於水面。

以冬日森林為背景，在低彩度的綠色襯托之下，各種豔麗的紅色身影在湖面上變換著色彩、擺盪著。

這幅光景充滿神祕的美，而且……

「咦……好暖和。」

吹拂而來的微風不但沒有一點寒意，反而溫暖得像暖氣。

這是怎麼回事？

「那些鳥是名為『火鷺』的水鳥，以這座湖的水草為食。這一帶會特別溫暖，就是因為火鷺入冬後會來到這裡，牠們的翅膀是由妖火構成的。」

「這、這樣不會引發火災嗎？」

「這倒不會，要是失火了，傷腦筋的可是牠們。牠們會留意不讓火焰往湖邊蔓延的。」

「是喔。」

此時一隻火鷺正好從湖面上展翅，飛過我們的頭頂，一陣暖風隨後呼嘯而過。

這裡確實是個令人心曠神怡的好地方。

而且充滿隱世風情，值得玩味。

定睛一瞧才發現，湖畔的野草開滿了小花。還有本來不應生長於此地的品種，不知種子是從哪裡飄來扎根，零星地在四周綻放花朵。

一邊欣賞著這片景色一邊野餐，好像也不賴。

「好了，該享用三明治了。我已經徹底餓扁了。」

「早餐明明吃得那麼豐盛耶？啊，已經擅自開動了。」

大老闆自行拆開竹葉便當，首先拿起他最好奇的雞蛋沙拉佐醃蘿蔔絲口味三明治，大口塞滿了雙頰。

「……噢噢，醃蘿蔔絲的爽脆口感很特別呢。其中的鹹味更襯托出雞蛋溫醇的甜味。」

「呵呵，這個呀，是因為以前爺爺愛吃醬菜，每次都買很多回來。為了消耗吃不完的醃蘿蔔，我才想出這種口味，也是我高中時代常做的三明治喔。」

「葵的高中時代啊。那麼小就自己做便當，真了不起。」

大老闆不知為何摸了摸我的頭。

其實也不是多久遠的事，但在大老闆看來，高中生這身分應該等同小孩子吧。

「也、也沒有多了不起啦。對我來說也只是興趣使然。」

「還是很厲害。有妳這麼可靠的孫女，想必史郎的晚年生活沒有後顧之憂，享盡了清福吧。」

「……如果是這樣就好了。爺爺自從收養我之後，連隨心所欲行動的自由都沒了，彷彿成了籠中鳥。」

我聽說他本來是個漂浮不定，活得自由不羈的人。

然而在收養我之後他哪裡都不去，長伴在我身旁。當然，他還是會到各地旅遊，但一定會帶上我。

爺爺終結了我的孤單，對我來說是意義不凡的家人。

這份情感至今未曾改變。

「我認為史郎能跟妳一起度過最後的時光，肯定是幸福的沒錯。雖然他生性自由，但是就像浮萍一樣沒有歸宿。自從與妳共同生活，他才得到一個棲身之處。」

「……」

談論起爺爺時，大老闆臉上收起往常的笑容，就只是一臉嚴肅地凝視著某處。

不……不對，他的視線盯著味噌炸豬排三明治！

大老闆直接拿起味噌炸豬排三明治咬下一口，油炸過的麵衣仍然酥脆得卡滋卡滋響。

「噢噢，這味噌豬排也很不錯呢，涼掉也依然好吃。」

「剛炸好的當然美味，不過放涼之後麵衣更能吸收豬肉的鮮味與醬汁，呈現微微濕潤的狀態也很棒對吧。」

接下來我們陸續享用了什錦鮮蔬馬鈴薯沙拉與鮪魚紫蘇這兩種經典口味，最後再用甜甜的花生醬三明治畫下完美句點。

鹹的吃到最後，果然會想來點甜的呢。手工花生醬調配成樸實的微甜，充滿家常感的幸福滋味。

「話說回來，你曾說過在現世常吃三明治對吧？」

「因為去現世出差時間緊湊，分秒必爭呀。就如同妳所說，三明治最適合在忙碌時順手抓來吃。而且每次出差都有才藏隨行，負責幫我開車。我只要一說想去便利商店，他就會用車內導航幫我查詢附近的店面……現世真的充滿各種便利道具呢。」

「呃，是喔。那個庭園師密探才藏先生，使用車內導航……呃，啊！」

我不自覺地大叫一聲並扭過身子往旁邊湊近，看著隔壁的大老闆。

「對了，才藏先生！他目前還好嗎？小鐮鼬們見他遲遲不歸，全都無精打采的。就連佐助也很擔心喔。」

結果大老闆皺起了眉頭，表情似乎帶著些許歉疚。

「這樣呀，害那些孩子寂寞了呢……別擔心，才藏他安然無恙。在我的吩咐下，他還有其他任務要進行。所以才跑去現世一趟。」

「現世？」

「是呀，因為有些東西急需籌措，所以我才像這樣……待在這裡等待一切準備就緒。」

等待一切準備就緒是嗎？

所以才如此老神在在嗎？

大老闆的表情彷彿內心有所打算，同時又像個焦急等待的孩子。

想向他問清楚的事情太多，已不知從何問起才好。

不過我必須一點一點解開他身上的謎團。

「我今天能得知一個關於大老闆的真相對吧。」

「是呀，畢竟讓妳招待了一頓美味的便當……那麼今天聊聊我跟史郎的事吧。難得提起了那傢伙。」

「爺爺跟你的事情是嗎……的確滿好奇的。關於你們在哪裡相遇，又是怎樣的關係。」

「是呀，還有……他想讓妳嫁給我的原因吧。」

「……」

一陣風輕撫過臉頰，內心的疑問有某部分恍然大悟。

果然，那個約定存在著某些意義。

大老闆拿起水壺啜飲一口綠茶，休息了一會兒之後開始緩緩道來。

「津場木史郎這個人，簡單來說天不怕地不怕，的確也有討喜的一面。實際上就是個有勇無謀的人。一部分也是因為年輕人血氣方剛吧，不過同時也是個擁有強大力量的『驅魔師』。」

「咦……爺爺他是驅魔師？可、可是以前他說過自己最痛恨驅魔師啊。」

我曾聽過類似的往事。

身為土蜘蛛的曉正快被驅魔師降伏時，半路卻殺出爺爺這個程咬金。

「其實呀，史郎原本就是出身自名門。葵，妳還記得曾去過『津場木家』嗎？」

「啊……」

遙遠的記憶被喚醒。

我曾經去過爺爺的老家，唯獨那麼一次。

庭院裡的紅葉與紅蜻蜓特別令人難忘。

記得好像還有個橘髮少年拿了削成兔子造型的蘋果過來給我。

事到如今，我好像總算能理解當時在那戶人家裡所感受到的特殊氛圍，究竟代表什麼了。或許是因為在場的人，全都「看得見」……

「我是知道爺爺本來就不是一般人，不過……原來是這麼回事。」
「是啊，而妳也繼承了驅魔師一族的血脈。」
開始能理解自己為何生來就看得見妖怪了。
我能賦予料理「幫助妖怪快速恢復靈力」這樣的效果，或許也是因為我出生的背景。而爺爺則是透過日常的料理來栽培我擁有的這股力量。
「史郎在學生時期發現前往現世出差的我，追著追著就跟我一起搭上了飛船。沒錯，最初不小心帶史郎來到隱世的，其實就是我……那傢伙當時還大剌剌地睡在我的休息室。」
「這……總覺得很像爺爺的作風呢。」
說來實在覺得丟臉。
然而大老闆卻露出微笑，彷彿回憶起什麼美好往事。
「呵呵呵，光是回想就讓我想笑，我是指在船上發現那傢伙之後的事。史郎對於自己來到隱世一事，簡直高興得樂不可支。而且對我毫不感到害怕。」
大老闆心想自己帶了個小蠢蛋回來，於是便讓爺爺留宿天神屋，暫時看看狀況，並且幫忙照顧他。
據說爺爺他當時不太願意回歸現世。
但是大老闆也不能讓人類之子永遠留在隱世，於是去辦妥了手續要送爺爺回現世。結果爺爺只抓了大老闆準備好的通行證，就從天神屋逃跑了。

就這樣，爺爺勇闖隱世的英雄事蹟就此揭開序幕……的樣子？

不是呀，他這樣坐霸王船又白住人家旅館，甚至還偷了東西就逃跑，打從一開始就是犯罪者了吧……

「不過呢，雖然沒想到史郎會這樣胡搞瞎搞，但不小心把現世人類帶來隱世確實要怪我，我有責任找出他的下落並且送他回去。於是我在全隱世布下追兵，有時也會親自出馬，好幾次碰頭之後就跟他對峙。我呀，其實只不過是想設法把那傢伙送回現世而已，在世人眼中卻成了『人類史郎與天神屋大老闆的恩怨情仇』。也許是覺得這樣看戲比較有趣吧。」

「原來是這麼一回事。哎，大老闆也真是辛苦了呢。」

我深深鞠躬向他賠罪：「我們家的爺爺給你添麻煩了。」

大老闆則回我：「沒事沒事。」這什麼對話。

「不過，就算是爺爺，如果大老闆認真起來一決勝負，他根本不堪一擊吧？」

「不不不。別看史郎那樣，其實是個才華洋溢的驅魔師。我被他的招數耍得團團轉，他也被我的鬼火追著到處跑。不過應該說呢，他那個男人只是假裝正面交鋒，滿腦子還是想著能逃就逃。他從未打算傷害我，也不想自己受皮肉疼。」

「呃，喔喔。」

「所以我們根本從未分出高下。輿論把我們塑造得好像不分勝負的勁敵似的，甚至還推出類似題材的小說而轟動隱世，實際上就只是你追我跑而已。」

大老闆苦笑著說，兩人簡直就像貓與老鼠。

爺爺的性格確實有幾分神似老鼠。佐助也曾說過他落跑速度之快，就連鐮鼬也甘拜下風。

「而且，史郎身上多得是通行證，不知他是去哪弄來的。幾乎每次碰面都見他又多了幾張。應該是從哪邊的八葉身上偷來、騙來又或是賭來的吧。那傢伙早已有辦法自在橫行於現世與隱世之間，根本用不著我出馬帶他回去。」

「原、原來如此。津場木史郎在隱世惡名昭彰，也是因為跟妖怪進行了荒唐的賭局與對決吧……以通行證作為賭注。」

「就是這麼回事呢，畢竟那是史郎求之不得的東西。」

大老闆無奈地嘆了氣並聳聳肩膀說：「這時候的我開始覺得對史郎窮追不捨太沒意義，於是罷手了。」

「以我的立場來說，早就不想繼續跟他有所牽扯。但是當我一停止追逐的腳步，又換他開始跑來找我了。應該說他後來會拿著不少的鈔票跑到天神屋住宿。」

「呃，是喔。真不知道爺爺他怎麼在隱世賺到錢的耶。」

這部分讓我有點好奇，同時又不太想知道真相。

不過爺爺他當時還是學生身分，卻好像不怎麼回現世學校上課。

據說比起跟現世的人類相處，留在隱世跟妖怪打交道，似乎比較符合他的性情。這一點總覺得跟我很像……

「這只是我的推測，不過我覺得史郎再怎麼說，還是喜歡跟妖怪相處。然而，站在驅魔師的立場上，有時不得不無情地消滅妖怪。這與生俱來的命運也許讓他內心產生了矛盾吧。」

「爺爺他……內心的矛盾？」

「是呀。那傢伙曾有一次如此對我說——我明明討厭人類，為何非得替他們捨命降妖除魔呢……這樣子。史郎他也不是對家人深惡痛絕，只是這份家業似乎讓他承受許多不合理的對待。」

津場木史郎痛恨驅魔師。

極端來說，他討厭人類。

聽大老闆這麼一說，的確有一些蛛絲馬跡可循。

祖父生前也不是跟人類毫無交情，畢竟喪禮時來了那麼多的親朋好友。

但我想縱使如此，祖父仍未能真正融入那些「眼裡所見的世界與自己不同」的普通人群之中，獨自懷抱著疏離感而活。

因為我也一樣。

無法讓大家了解真實的自己，必須時時刻刻隱瞞真相——這些壓力逐漸讓我的內心開始疲憊，而且某部分開始對人類產生了不信任。

甚至只能對妖怪吐露真心話。

比如說河邊的手鞠河童。

「不過呢，史郎在邁入三十歲前突然回現世，跟某位女性成親了。那就是……葵，妳的祖母。」

「我的……祖母？」

完全沒料想到，此時會提起連我都不知道的那個人——關於祖母的話題。

「史郎雖然是個多情的男人，但真正愛過的女人想必只有她一個……對方似乎出身自平凡的家庭，不過能感應並且理解妖怪的存在。然而她非常體弱多病，在史郎為了妻子出外尋找藥方的期間，她生下兒子『杏太郎』之後就去世了。」

「……」

我從未聽爺爺提起關於祖母的事。

但我知道杏太郎這個名字，那是我的父親。

在我懂事以前，他已經離開人世。我曾經從母親保留的照片中看過他的身影，因為母親她……總是一邊流淚一邊看著那張照片。

「葵，我跟妳的初次相遇，就是在我為了見史郎之子——杏太郎而前往現世的那一次喔。雖然妳應該已不記得就是了。」

「咦……」

我感到心頭一震。不過，原來如此啊。

當初從爺爺的遺物中發現那張「天神屋」合照時，就沒來由地覺得正中央那個黑髮男子特別眼熟。

雖然已經想不起來了，原來我在小時候就見過大老闆了啊。

各種往事開始串連成線，這股感覺令我胸口悸動不已。

總覺得渾身戰慄，同時卻又產生更深的好奇心。

「杏太郎不同於史郎，是個正經的人。因為他已故母親的姊姊不放心把外甥託付給史郎，所以自己收養了杏太郎，也算是不幸中的大幸吧。」

啊，爸爸他……是我的姨婆養大的啊。

這件事我也曾聽爺爺說過。姨婆對爺爺說：「連妻子臨終一刻都沒現身的你，哪能養得好孩子。」於是膝下無子的她跟丈夫倆就收養了我父親。

不過爺爺說他還是會帶著伴手禮，時不時偷偷跑去見自己兒子。

「而且杏太郎也一樣繼承了父母的能力，看得見妖怪的存在。我第一次遇見杏太郎是在他念高中時，他有一張神似史郎的臉，然而是個爽朗又真誠的人，而且跟我很親近……直到他長大成人，出社會後結婚生子，每一個人生重要時刻都會向我報告。但是……」

接著大老闆緩緩抬起了臉。

他定睛凝望著遠方隱約浮現的白晝之月。

那張側臉帶著些許的落寞……

「杏太郎死了，那是一場慘絕人寰的交通事故。」

「……嗯，我聽說過……爸爸是死於墜機意外。」

「錯。詛咒指引他走向死亡的命運。」

詛咒。

津場木史郎所背負的，詛咒。

所以說，受影響的不只是我，就連爸爸也遭到波及？

「欸，『津場木史郎的詛咒』到底是什麼？爺爺他為什麼會被詛咒？」

「這個嘛，全是因為那傢伙招惹了常世之王的關係。」

「……常世之王？」

大老闆緩緩將視線往我的方向放低並轉為低聲細語，就像在訴說什麼祕密。

「葵。津場木史郎那個無所畏懼的男人，在失去兒子之後，才終於第一次體會到恐懼為何物。招惹常世之王而降下的詛咒，不僅影響他自己還殃及家人，讓他的至親們遭遇不幸。與史郎血緣越緊密的人，被詛咒影響的程度也越深。所以，葵，史郎才把妳託付給我。」

「為何……爺爺會選擇託付給你？」

「為什麼呢？我也不清楚那傢伙的意圖，不過……史郎也許早就憑直覺猜到了吧。到頭來終究只有我，才能讓妳……」

此時，湖上的火鷺一齊起飛。

啪沙啪沙——強而有力的無數振翅聲響起，嚇得我們中斷了對話。

在一望無際的青空下閃耀的一片紅，美得動人。
這壯闊的景色令人懾服，讓我跟大老闆都頓時失語。
「嗯……好吧。這故事就留待下次繼續吧。葵，今天就到此為止。」
「咦咦咦！可是，我還有好多好多好多事情想弄清楚！」
大老闆企圖結束在最吊胃口的地方，於是我像個耍賴的孩子一樣猛搖頭。
「妳還想知道什麼？」
「因為……因為，爺爺把我交給大老闆，也就代表替我解除詛咒的人就是你對吧？」
「……」
我沒有任何證據，而且大老闆也還不願把這部分的細節透露給我。但是我怎麼想都只有這個可能性，於是忍不住單刀直入地質問。
因為，事實肯定就是這樣吧？
而且他跟爺爺之間還有約定，那就更能確定了。
「大老闆與銀次先生，當時曾經一起救了我對吧？銀次先生告訴我了，他說我那時吃的東西，是能改變命運的食物。還說需要徹底顛覆根本的宿命，才能解除詛咒。但那食物極為稀有……是某人為我準備的。那個人……就是大老闆你對吧？」
大老闆陷入沉默。
然而眼神卻還是直直凝望著我。

在那雙深紅色瞳眸的注視下，彷彿就連潛藏於心底深處的想法都無所遁形，讓我把差點說出口的話吞回肚裡。

但是想得知真相的強烈欲望促使著我，伸出顫抖的手抓住大老闆的衣袖，再一次質問他。

「當時我吃下的食物是什麼？你為了我準備那些食物，到底……」

到底費盡多少努力？

甚至不惜犧牲了什麼——

「葵。」

大老闆伸出食指抵上我的唇，輕聲地細喃著我的名字，就像在安撫孩子。

「目前無法再告訴妳更多了，因為我並沒有放棄。」

「……咦？」

沒有放棄……？

然而，在大老闆妖惑的眼神下，我只能聽從他的擺布，無法再多說任何一句。

毫無頭緒。我一點也不明白啊，大老闆。

他輕輕放開唇上的手指，用偌大的懷抱緊擁住我，彷彿將我整個人包圍住。

「？」

雖然吃了一驚，但是撫著背的那雙手太過溫柔，不禁讓我的淚水幾乎奪眶而出。

大老闆太狡猾了。

總是像這樣把我當孩子般溫柔對待，試圖守護我，又玩弄我於股掌……

他至今仍不願意，讓我背負更大的重擔。

「好了，我們差不多該離開了，葵。」

「……」

大老闆不一會兒之後站起身，向我伸出手。我不發一語地回握住，並且跟著站了起來。

「陪我去鐘塔那邊一趟，好嗎？」

「咦？嗯嗯……」

最關鍵的問題，始終還是沒能問出口。

不過，或許我還不能操之過急。

因為大老闆不肯開口告訴我，也許正意味著接受真相需要一定的覺悟。

第四話 除夕夜的年菜（上）

在離開植物園的回程，我跟著有事要辦的大老闆一起前往鐘塔。就在途中——

「哇啊啊！不行啦！不行啦！」

「少囉嗦，把那個交出來！文門之地這裡的食物根本不能吃！」

發現千秋先生正被某人窮追不捨。

撞見這幅畫面的我們愣在原地目瞪口呆。

「怎麼辦！大老闆，千秋先生被可疑男子追著跑耶。」

「那不是……八幡屋的反之介嗎？」

「咦？」

一頭白色長髮，搭配華麗閃亮的外褂。

正如大老闆所說，追著千秋先生跑的男子就是八幡屋家的公子——身為一反木綿的反之介。

以前他曾對天神屋大掌櫃曉的妹妹，也就是鈴蘭小姐糾纏不休，結果求婚被狠狠拒絕。我仍記得他是個行為舉止充滿跟蹤狂氣息的危險分子。

「請救救我啊～～」

千秋先生發現到我們的存在，於是躲到大老闆背後。

「怎麼啦？千秋。」

「那個八幡屋的！反之介！打算搶劫葵小姐親手做的三明治！」

千秋先生緊緊抱著剩下的一包三明治，向大老闆哭訴。

「這一份必須送去給大醫院的某位大人才行！」

然而……

「喂，區區一個學生給我閃邊去。你不知道本大爺是何方神聖嗎？我反之介可是八幡屋的下一任繼承人。」

反之介臭屁地仰著身子，伸手直指著（年輕版）大老闆的鼻子命令對方。

千秋先生從大老闆身後小聲地回嘴。

「明明失去八幡屋的繼承權而且被掃地出門，說話還敢那麼囂張啊。」

「你這狸貓說什麼！」

「哇啊！」

眼看反之介正要伸手揪住千秋先生，於是我不假思索拉住他身上的外褂。

「欸、欸等等，住手啦！你又打算惹事生非嗎？」

「小丫頭別礙事！」

反之介甩開我的手，一掌把我推開。

「葵！」

大老闆瞬間跑來身後扶住了我，所以我才毫髮無傷。不過反之介這粗魯的性格還真是一點都沒變。

「啊！妳該不會是天神屋的鬼妻？」

他現在才終於認清我是誰，並且馬上露出一張打從心底厭惡的表情，這次改成直指我的鼻子。

「妳怎麼會出現在這裡？還穿什麼學生服！」

「問我這個……」

該如何說明才好。

我從沒預想過藉口，所以一時之間無言以對。

「哼！原來啊，我明白了！妳在找天神屋那個大老闆的下落對吧。我記得傳聞說他的真面目是十惡不赦的邪鬼什麼的，因為激怒了妖王而逃亡中。真是的，以前那麼大搖大擺，結果淪落到這般下場。丟人現眼又可悲的鬼男。呼～真受不了。」

「你說我怎麼樣？」

「啊？」

從剛才就保持沉默的大老闆，緩緩站在我身前，用冰冷的視線俯視反之介。

這聲音似乎喚起了反之介的記憶，他的臉色逐漸發青，開始做出可疑的舉動。

「你誰啊……喂！別靠近我！你不知道我是誰嗎！」

「我才想問你不知道我是誰嗎？八幡屋的少爺。」

「……呃……咦？難不成是……天神屋大老闆？」

大老闆垂下視線，深紅眼眸中閃著詭譎的光芒。

「八幡屋的反之介。好大的膽子，敢動手推我的妻子呀……好了，現在該怎麼賠罪呢？看你長得一副難吃樣，不過把你吞了也算是對這個世界有點貢獻吧。」

大老闆刻意用殘酷的話語威脅對方，臉上泛起惡鬼般的微笑。

經過大約三秒鐘的沉默後……

「呃啊啊啊啊啊啊啊啊！邪鬼呀啊啊啊啊啊啊啊啊啊！」

反之介一臉蒼白地拔腿就跑。

「到底是怎麼回事呀……」

「那傢伙還是一樣，是個沒救的男人呢。」

我和大老闆一同用冷冷的眼神目送他。

說起來那個反之介怎麼會出現在這？

他原本應該身為西南八葉的八幡屋下一任繼承人才是，但我記得千秋先生剛才好像說他被剝除繼承資格了。

「真是的，還想說怎麼如此鬧哄哄的，又是那孩子啊。」

「院長大人。」

文門狸院長大人不知何時已來到現場。

「那個八幡屋的反之介怎麼來了？我可不認為憑他的腦袋能踏進文門大學的。」

「大老闆，一派自然地口出惡言啊……」

院長大人也伸手撫額，搖頭嘆了嘆氣。

「真拿他沒辦法。反之介他到處惹事生非，結果被逐出八幡屋了。」

「原來如此，畢竟他也曾來招惹過天神屋呢。對女性窮追不捨地求愛，還對天神屋進行砲擊。」

大老闆跟我都回想起春天發生的事件，一邊無奈地遙望遠方。

「是啦，那件事越演越烈，讓八幡屋的八葉，也就是反之介的父親把他臭罵了一頓。嘴上說要將他逐出家門，結果丟來文門之地要我讓他改過自新。」

「哦？這種處置也算是太便宜他了呢。」

「沒錯。他們家的父親相當寵溺這個笨兒子，未來肯定會將他放上繼承人的位置，即使是個廢物。」

院長從剛才就連連發出嘆息。

「然而那小子沒認真準備就參加我們大學的轉學考，想當然就落榜了，目前待在這裡遊手好閒不務正業。每天就蹲在圖書館裡讀遍漫畫，還有打女學生的主意。」

「……」

我跟大老闆又雙雙無言。

「呃，儘管如此，院長大人還是讓反之介留在這裡嗎？」

我對此感到疑問，為何要繼續讓那個男的待在此地。

「葵小姐，我也很無奈啊。因為八幡屋過去曾資助本地建設孤兒院的資金，現在也無償提供衣物給孤兒們。而且……雖然反之介那副樣子，好歹還是八葉的繼位候選人。」

院長一邊推著眼鏡，一邊露出不安好心的竊喜表情。

「讓八葉制度延續下去是我們的目的，所以必須讓未來有望成為八葉的人選培養一定的自覺，順便賣對方一個大人情。況且這種握有大權的笨蛋，只要運用得當，會是很好的工具。」

「啊哈哈哈哈！夏葉妳還是一樣，滿肚子壞水的狡詐狸貓呢。啊哈哈哈哈哈！」

「大老闆，你笑得太誇張啦。既然笑得那麼開心，那由你來負責重新教育教育他吧。反正他總有一天會爬到跟我們相同的地位。」

「咦？不不不，這實在沒辦法。我只是個初出茅廬的年輕人，而且也不是教育專家。請白夜都還比較有道理……還是交給院長您吧。」

「少在那邊突然裝謙虛了，明明只是嫌麻煩。」

「哈哈哈！說起來，當他坐上八葉大位時，我也許早就下來啦。」

大老闆一派輕鬆地說出這些話。院長大人斜眼看著這樣的大老闆，最後還是微微嘆了一口氣。

「真是的，這到底是挖苦我還是怎樣。」

不一會兒，反之介被院長大人的祕書扛著回來了。

他一邊大喊「放開我～你知道我是誰嗎～」一邊連連搥打祕書的後背跟肩膀，然而對方還是一臉毫不在乎。

這位祕書先生……看起來充滿菁英氣質又溫和穩重，而且還是個頭髮半白的老爺爺了，力氣卻意外大得驚人。

「辛苦你了，吳竹。好了，反之介。別再繼續四處亂逃，你也該振作點了。要留在這裡就勤奮向學，以明年的考試為目標。不然就改過自新重回八幡屋，向父親低頭認錯。所以你怎麼決定？」

「我都不要。我還想留在這裡玩樂，也不想跟父親低頭。誰叫他試圖逼我跟那種任人擺布的女人締結政治婚姻。我才不要～我喜歡的是鈴蘭～我非鈴蘭不娶！」

「你呀，怎麼還在說這種話。」

實在有夠不乾不脆的，反倒想問你到底多執著於鈴蘭。

「追根究底來說，津場木葵！全怪妳……都怪你們天神屋……嗚哇啊啊啊啊啊啊啊！」

「啊……哭了。」

這可真是……

妖怪雖然有時意外比人類來得感情豐富，但是一個老大不小的傢伙像這樣嚎啕大哭，怎麼說呢……實在令人看不下去。

「別為這種小事哭天喊地的，反之介。像我也一樣，總被葵堅決否認『才不是妻子』、『才不喜歡你』，你看我還不是活得好好的。」

「也、也不至於到堅決吧！而且我也沒說過不喜歡啊！畢竟最近……」

「嗯？葵，妳說什麼？」

「唔～～沒事！」

「嗚、嗚哇啊啊啊啊啊啊啊啊啊！鈴蘭呀呀呀呀哇啊啊啊啊啊啊啊啊！」

「啊啊夠了！你們個個都煩死了！這裡明明應該是跟男女情愛話題絕緣的學術城市啊……」

院長大人拍響雙手轉換現場氣氛，說：「現在不是在這裡講這些的時候。」

接著她轉身面向我。

「葵小姐，有個地方想帶妳看看，請跟我過來一下。」

「呃，是！」

「反之介，你也一起過來。身為繼承人的你對八幡屋參與的慈善事業一無所知，這可是個大問題。」

「咦？」

「咦什麼咦，真是的……未來真令人堪慮。」

反之介似乎感受到不祥的預兆，又試圖偷偷落跑，卻還是被祕書吳竹先生抓著扛走。

我們跟隨院長的腳步，朝著據說位於鐘塔建築群最東邊的某個地方前進。

「這裡是文門之地的孤兒院『樹椿之家』。各地八葉都有關懷孤兒的職責在身，而文門之地這裡則是設立了兼具孤兒院與學校的育幼設施，讓孩子們獲得高水準教育。目的就在於讓他們將來能報考文門大學，培養他們今後能獨立生活的能力。」

在建築風格統一的文門之地，這棟建築看起來特別獨樹一格。

周圍分布數座巨大的樹樁，令人不禁懷疑這裡過去也許是一片巨木林。

不過，據說那些並不是真正的樹樁，而是建築上的設計。而這些外觀為木樁造型的建築物，正是這裡的孤兒院。

操場上的孩子們有的在踢球，有的在跳繩，有的在玩遊樂設施。

還有年紀尚小的孩子跌倒後嚎啕大哭，被年輕女老師安撫著。

女孩子們則聚在一塊，鋪好蓆子在上頭玩扮家家酒……

這裡似乎有許多小朋友就讀，校園以操場為中心，三面分別被三所不同的學館包圍。分別是照顧學齡前幼兒的「三葉館」、培育幼稚園學齡兒童的「四葉館」，以及讓國小學齡的妖怪就學的校舍「白三葉館」。

「樹椿之家不只照顧文門之地這裡的孤兒，也會從各地區陸續收養無依無靠的孩子。聽好了，反之介。特別是八幡屋所在的西南大地，近年來遭到遺棄的孤兒數量大幅增加，卻沒有完善的扶養體制與足夠的收容設施。於是樹椿之家這裡接收了大量來自西南之地的孩子。」

「哦～」

「一臉毫不在乎的樣子啊，反之介。在你任性妄為、享盡榮華富貴的同時，你未來即將接管的土地上，卻產生了那麼多的孤兒。」

「既然他們在這裡過得舒舒服服，不就好了嗎？」

「……真受不了，問題不在於這裡吧。」

院長大人帶我們進入眼前最近的一棟四葉館。

原本很好奇樹椿形的建築物內部會是怎樣的構造，看來教室是沿著圓周側面設置，環境很新又相當整潔，舒適度似乎不錯。

「啊……」

採光良好的中央空間，則有個女子正在念繪本，身旁包圍著小朋友們。

她……是之前在圖書館也幫忙念故事給孩子聽的那個人。

「啊，菫夫人。」

千秋先生似乎認得那位女性，趁對方念完故事時跑上前去打了招呼。

「您又不吃午飯在這裡念故事呀，這樣可不行喔～」

在孩子們嬉鬧四散的同時，唯有這位女性徐徐地轉身面向這裡，一頭紫色的長髮也隨之飄逸，正符合她名字中的堇（註2）。

女子有著優雅的美貌，莫名散發出一種脫俗的靈氣。

只不過……非常地瘦弱。

「哎呀，千秋先生。還有院長大人也來啦。」

「今天有食欲吃點東西了嗎？堇夫人。」

「這個嘛……一點點的話還行。」

院長的質問讓女子垂低了雙眼，語帶曖昧地回答。

感覺大家對她的態度有所不同，不知道是不是什麼大人物？

「我想說葵小姐的三明治也許能合您的口味，所以帶了一份過來。您有食欲時再享用吧。」

「哎呀……難不成是那個津場木史郎的孫女？」

「嗯嗯，正如堇夫人所言喔，而且本人現在就在您的面前。」

「咦？」

院長大人輕快地指向我這邊，介紹我。

特地介紹原本不該暴露行蹤的我，也就代表這位女性果真身分不凡吧。

註2：日文中「菫色」指的就是紫色。

她看著我，微張小口緩緩眨了眨眼之後，臉上輕輕泛起微笑，並低頭向我致意。

一舉一動都非常高雅與優美，讓我也急忙低頭回禮。

「我讀了很多以津場木史郎為雛型的故事，能一睹孫女的尊容實在倍感榮幸。津場木葵小姐，也許現況很艱難，還請多保重身心，堅強面對困境。」

「……謝、謝謝您！」

對方溫柔地鼓勵我。

而且似乎了解我現在的處境。

菫夫人在侍女的隨行之下，就這樣離開了四葉館。

那柔弱的雙手中抱著一包我做的三明治。

「葵小姐，菫夫人是竹千代大人的母親……這樣應該能意會過來了吧？」

「……咦？」

竹千代大人，那是妖王家年紀還小的孫子。也是我在律子夫人與縫陰大人的宅邸中所認識的孩子，還一起度過共同製作料理的時光。

院長大人對於我和竹千代大人有所交流的事情，果然也知情。

「菫夫人在宮中，身心皆為病痛所苦，目前在本地的大醫院中療養。她常常會像那樣，替孤兒讀他們喜歡的繪本故事。」

「……原來是這樣呀。竹千代大人也很喜歡看繪本，而且，苦苦思念著……分隔兩地的母親……」

其實我好想去向那位夫人傳達竹千代大人的消息，但是我不知道這對於罹患心病的她來說究竟是好是壞，還是暫時打消念頭。

如果能有幸再見到她，我希望至少能提起曾跟竹千代大人一同下廚的事。還有我曾因為那個小皇子的一番話，而獲得救贖……

我們將孤兒院的整體環境視察了一遍。

期間也與許多孩子們有擦身而過的機會。大多數的孩子都很乖巧老實，一見到院長大人就大聲問候：「院長婆婆好！」

然而見到千秋時，男生們就會熱絡地喊著「是千秋啊！千秋！」並且出手鬧鬧他。可想而知，他平時也跟這裡的孩子們有著頻繁的互動。

我們來到白三葉館深處的會議室，喝著充滿柑橘香的熱茶稍做休息。

院長大人換上嚴肅的表情，托著腮說：「是時候該進入正題了。」

「葵小姐、大老闆，兩位知道明天是什麼日子吧？」

「欸……」

「除夕對吧。」

大老闆搶在我前頭回答，雖然我有意識到年關將近，但卻徹底遺忘了明天就是除夕的事實。

「沒錯。我想請你們在明天除夕夜，替白三葉館的孩子們做年菜，招待他們一餐。」

「除夕夜吃年菜……嗎？」

「沒錯，除夕夜。」

我歪頭不解，年菜不是跨完年之後才吃嗎（註3）？

「文門之地這裡的習俗，是從除夕夜就開始吃年菜喔。」

千秋先生說道。原來如此。

「我想讓白三葉館裡最年長的五年級孩子們，能享受一頓符合時節的應景料理，所以近幾年都會在除夕夜準備年菜，不過菜色實在不受他們好評。由於正處於發育期，永遠吃不飽的他們是不至於留下剩菜。但在一年的結尾逼他們吃不喜歡的東西，留下不好的回憶，也讓我頗為心疼。」

「啊啊，原來是這樣。畢竟年菜並不是全都合乎小朋友的胃口呢。」

我一邊深表認同地點頭，一邊回想起自己小時候也並不是多喜歡典型的年菜料理。

「一部分原因也是文門之地這裡的餐飲品質不夠高吧。」

院長冷靜的分析讓千秋先生拍桌附和：「就是說呀！」

「我也曾經吃過文門之地工廠製作的那種超難吃年菜，都害我有陰影了。根本是懲罰遊戲！」

「哦？千秋都說成這樣了，反而讓我開始好奇了呢。」

「我也是。」

大老闆個性跟我一樣，越害怕就越想看，越難吃就越想嘗嘗。

院長大人則似乎稍顯難為情地清了清喉嚨。

「總之就是這麼一回事。於是千秋就向我提案，不如今年交給葵小姐試試看。那些三明治我也嘗了一份，每種口味都帶有手工的溫度，每一口都充滿創意與愛情。我想孩子們所需要的，正是這樣的滋味吧。」

原本以為那些三明治全是為學生準備的，原來有一份送來院長大人這邊啊。這裡的文門狸就是這樣一點一滴收集情報的吧。

「葵小姐，所以我這一次還是希望能請妳幫忙。雖然妳可能會覺得在這關鍵時期分身乏術，不知妳願意接下這份委託嗎？」

院長大人用真摯的眼神望向我，提出委託。

孤兒院是嗎……

此時回想起的，是我被帶離那個昏暗的家之後，後續收容我的育幼院。

比起原先的空腹與孤單，在育幼院的生活當然好上許多，老師們也很溫柔。然而，在那裡我依然是格格不入的存在，嘗到無法融入群體的複雜心情。

註3：日本的除夕夜（大晦日）為十二月三十一日，跨完年後才會吃稱為「御節」（おせち）的年菜。

不過還是有些美好的回憶，例如每次特殊活動時的伙食都很豐盛又美味。

因為育幼院裡總會準備許多小孩子喜歡吃的東西。

「我明白了，院長大人。請務必讓我準備能讓孩子們吃得開心的年菜。」

「……真是可靠呀。妳果然跟傳聞中一樣，只要是料理相關的請求，看來一律來者不拒。」

此時大老闆插嘴補充。

「雖說是幫忙，但天神屋後續會寄送請款書過來，這部分還請先做好心理準備喔，院長閣下。畢竟我們家的會計部對這方面真的是滴水不漏。」

「唉，我當然明白，畢竟白夜殿下偶爾也會來我們大學講課啊。大老闆，老實說他比你來得可怕多了。」

「對吧對吧，白夜才是天神屋的鬼。」

白夜先生……被說得很慘耶。

「這也沒辦法，畢竟總不能讓你那邊的員工做白工呀。」

最後我以委託案的形式，接下孤兒院年菜製作的任務。

這裡的學生人數聽說不算多，但辛苦的是現在就要立刻構思菜單，從提供的預算內籌措食材，還要完成準備工作。

請大老闆一起來幫忙好了……

「啊？還以為是什麼重要大事，結果只是年菜，真是大驚小怪。喂，還不把我放下來。年菜什麼的干我何事。」

在會議室一隅的反之介，維持著被祕書吳竹先生扛在肩上的狀態，嘴裡發著牢騷。

「反之介，你明天要去幫忙葵小姐，一起替孩子們準備年菜。」

「啥～～？」

「你至今大概都過得逍遙快活，遇到討厭的事情就擺爛，想要的東西就花錢弄到手，並且吃盡山珍海味吧。但這裡的孩子們沒有你那種福氣，他們光為了每天的生活、學業與三餐就竭盡全力。不管多難吃的東西，也不會像你一樣糟蹋食物。即使不喜歡念書，也不會輕言放棄。他們擁有主動思考的能力，去尋找開闢未來人生的方法。你就好好看看那些孩子們，聽聽他們的故事，思考一下自己今後該做什麼吧。」

「……妳以為妳多了不起啊！」

「我的確比你了不起。因為我是文門之地的院長，而且一路以來也扛著這職稱所伴隨的重責大任。你空有八葉之子的身分，肩膀上卻沒有半點責任感，也沒成就過任何大事。簡單來說，你什麼都不是。而你卻誤解了偉大的真正含意，所以才沒有任何人願意跟隨你，只能獨自淪落到這裡來。明白了嗎？」

「……」

院長大人毫不留情的辛辣發言，讓反之介無以反駁。

當我在一旁乾著急時，發現對面的門縫裡有個白髮的小孩子，正用一雙黑色的大眼睛偷看這裡，讓我有些詫異。

當我們視線一對上，他便迅速地消失蹤影。

是這孤兒院裡的小朋友嗎？

「嗯……讓孩子們能吃得開心的年菜啊……」

「說到年菜，像是醋漬紅白雙絲、蜜黑豆還有伊達捲（註4）之類的，我都很喜歡呢。」

「這些都是最經典的菜色耶，不過在孩子們看來可能覺得有點乏味吧。甜甜的伊達捲或許還能受歡迎。」

在回程的路上，我們去了一趟紅葉超市採買。購物籃就交給大老闆負責顧，我則思考著明天的計畫。

在孤兒院內享用年菜的小朋友預計有將近四十位。

雖然在夕顏曾有過準備約莫二十人份宴會料理的經驗，不過光憑我一個人，要應付的對象還是孩子，似乎會是相當費勁的工作。而且不管怎麼說，把年菜裝進方形餐盒的作業大概最花工夫。

說起來妖怪喜歡的口味本來就因妖而異，食量也各有不同吧……

「沒問題的，葵。有我在。」

「咦？」

大老闆從後面靠近凝視著我的臉，似乎察覺到我內心的不安。

「雖然我大概不如銀次那般管用，不過也會一起努力幫忙的。」

「……大老闆。」

這番話讓我放下了心中的大石。

對耶，原來我不是一個人。

「而且呀，葵。我認為不用拘泥於『年菜一定先裝進木盒裡』這種概念。」

「……咦？」

「以前我曾在新年假期留宿在現世旅館中，旅館晚餐提供自助式的年菜，讓我覺得相當新奇。也許乍聽之下會覺得旁門左道，不過事情的做法本來就不是只有一種嘛。而且讓孩子們能夠自由取食，或許也比較有樂趣……啊啊，對了。讓他們自己用餐盒動手設計出充滿年味的擺盤也不錯呢。」

「這……」

我轉身面向大老闆，緊緊握住他的手。

註4：紅白雙絲是醃漬的紅蘿蔔絲與白蘿蔔絲，伊達捲則是在煎蛋捲中包入魚漿的料理，據說是伊達正宗喜歡的料理。

「這主意實在太棒了，大老闆！」
過於激動的我在超市內大喊出聲，握著大老闆的手用力晃。
看大老闆被嚇得一愣一愣的，我才猛然回過神來，抽開了手暗自臉紅。
不過，這點子果然很不錯。
明明在夕顏也曾舉辦過自助餐，我卻被年菜的既定觀念套牢，未能想出那樣的做法。成見果然會影響一個人很深。
不愧是大老闆呢，思考充滿彈性，又透過出差機會住遍現世大大小小的飯店或傳統旅館，所以才能提出這樣的妙案。
「好！總覺得幹勁都上來了呢。明天我要努力加把勁！手工豬肉火腿需要的豬肩胛肉、牛豬混合絞肉……啊，還有蝦子，年菜少不了蝦呢。再來還有小芋頭、香菇、番茄跟麵粉……」
「葵，先慢著。妳打算連明天的份一次買齊嗎？先買好能利用罌粟花莊的廚房空間事前準備的分量就行了吧。明天可以再請千秋幫忙備妥需要的東西。」
「啊……我真是的，一不小心就……」
大老闆說的沒錯。最後我們決定先別買太多，湊齊需要事前準備的材料就打道回府。
我想做出讓孩子也能吃得津津有味的年菜料理。

而且也希望透過自己動手裝年菜盒的活動，讓他們體會其中的樂趣。

以這兩大目標為前提，我正在構思明天要準備的菜色。

「燉煮料理是不可或缺的經典菜色，也想加個清淡順口的火腿。昆布捲跟醋漬紅白雙絲這兩樣，聽說比較乏人問津呢。雖然很有年味，但是要讓小孩子接受，還是必須添加一點變化才行。伊達捲、蜜黑豆還有栗子金團這幾樣，似乎是年菜料理中老少咸宜的菜色，先列入名單……」

我在廚房就定位，馬上開始進行明天需要用到的「手工豬肉火腿」準備作業。

雖然超市也有販售現成加工火腿，不過這一次我決定改為手做。一部分也是因為想做成清淡一點的風味，主要原因則是我個人偏好自己做火腿。

將肩胛肉抹上香料、鹽、胡椒與蜂蜜等調味料，用布巾包裹起來靜置。

趁這段空檔，還得處理其他的備料作業。

要把製作肉丸所需的肉餡製作好……還要取一只鍋子倒入水、砂糖、醬油與小蘇打粉，把黑豆丟進去浸泡片刻……還要把栗子金團要用到的地瓜預煮過剝皮，利用濾網仔細過篩成綿密的泥狀。

栗子金團是使用糖煮栗子搭配地瓜泥所混合成的甜點，也是經典的年菜之一。由於糖煮栗子是文門之地這裡的唯一特產，加上我也沒時間自己製作了，於是決定直接使用「金之栗星」這家的產品。

「啊。的確很好吃……我也買一點回去當紀念好了。」

我偷吃了一點並且自言自語起來。這甜煮栗子跟過篩好的地瓜泥一起拌勻，就能完成一道美味的栗子金團。

「葵，千秋說妳所需要的東西應該可以全數湊齊喔。便當盒似乎也能準備足夠的數量。」

「很好。這樣一來照計畫進行應該沒問題了。大老闆，謝謝你幫忙聯絡千秋先生。」

我將明天所需食材的採購工作交給大老闆，他似乎直到剛才都忙著利用信使跟千秋先生聯絡。

「好香甜的味道呀。」

大老闆踏進了廚房的土間，湊近觀察著我的動作。

「我做了栗子金團喔。對了……大老闆，你要吃鬆餅嗎？」

「真突然的問題耶，鬆餅也是明天的年菜之一嗎？」

「也不是啦，只是前置作業已經告一段落，剩下的工作也只能留待明早進行了。想說今天忙壞了，你會不會也有點餓了之類。正好手邊也有栗子金團，要不要搭配鬆餅嘗嘗看？」

「好耶。我想吃、我想吃。」

重複兩次是怎樣……

大老闆一臉笑咪咪地表現出興致十足的樣子。以前覺得他的形象跟鬆餅根本扯不上邊，最近倒開始覺得很契合了。為什麼咧？因為變可愛了？

「呃，那你先去那邊等等，我馬上就搞定。」

「了解！」

跟平常一樣響亮的回應。

然後大老闆就在客廳乖乖地原地待命……

事不宜遲，我將米粉、雞蛋、豆乳、蜂蜜以及從超市買回來的北方大地生產的優格等材料全數倒入調理盆打勻。這裡不愧鄰接北方大地，乳製品品項豐富齊全，能夠輕鬆入手。

我將麵糊陸續下鍋，全製作成小巧的薄片米粉鬆餅。

薄麵皮熟的速度非常快，香甜的氣味開始飄了過來。

「啊啊，真迷人的味道。」

真喜歡這股蜂蜜香氣啊。

見大老闆等得坐立難安，於是我將鬆餅疊了五片，最上頭放滿一坨栗子金團，灑上糖粉後便大功告成。

「來，請用。」

「噢噢！這可真是稀奇的鬆餅呢。」

「雖然厚實的鍋煎鬆餅跟半熟鬆餅也很好，但是多層的薄鬆餅吃起來比較沒有負擔，也有另一種美味喔。而且因為是使用米粉做的，餅皮的Q彈口感會更明顯，又比較健康。」

大老闆熟練地使用刀叉，從最上方俐落地切開鬆餅。每一次下刀，堆疊的鬆餅就被壓得往下凹陷，被劃開之後又馬上恢復彈性。光是在旁邊看著要掉不掉的鬆餅就讓我乾著急，然而大老闆卻非常順手地切完送入口中。

「吃起來的確爽口無負擔呢。改用米粉來製作，似乎更襯托出栗子金團的高雅甜味。」

「啊～本來想說都深夜了，我還是忍忍算了。但是看大老闆你吃得那麼香，害我都餓起來啦。還是開動吧。」

「這樣才對。葵，一起吃吧。如此美味的東西怎麼能獨享。」

大老闆的主張讓我不禁輕輕發笑，不過也許的確有一番道理呢。

回到廚房，我拿剩下的鬆餅疊了一盤自己的份，就在此時——

「嗯……有聲音？」

總覺得廚房後門外傳來了咚咚咚的拍打聲。一開始本來以為是風，但是聲音仍以規律的節奏響個不停。

大老闆也查覺到聲響而跑來廚房，我們面面相覷。

「這麼大半夜的時間？」

「……會是誰呢？」

大老闆的表情充滿警戒，一口氣拉開了後門。

我躲在他高大的背後，戰戰兢兢地觀察門外。

然而一個人影也沒有。

剛才的聲音，難道真的是風嗎？

「葵，下面。」

「下面？」

在大老闆的提示下，我將視線往下一掃，發現地上竟然躺了個白髮女子！

「咦！咦咦咦？怎、怎麼回事？」

大老闆一語不發地抱起女子。

對方是個身穿振袖和服的年輕小姐，一頭白髮綁著蝴蝶結公主頭造型。

是附近的女學生嗎？不，她穿的並非學生服。從一身高級振袖和服看來，感覺是哪個有錢人家的千金。應該先問她怎麼會出現在這裡……

「還、還請……施捨我一點食物。」

這位女子一臉憔悴地向我們討食物。

「葵，這位姑娘似乎肚子很餓喔。」

「哇！哇啊啊！我想想喔，有沒有什麼能吃的呢？」

一聽見對方肚子餓，讓我有點陷入恐慌。

「葵，冷靜點，沒問題的。不是有鬆餅嗎？」

「對、對耶，鬆餅。幸好剛才煎了很多。」

大老闆抱起對方，並且將她帶往客廳裡。

看著這樣的他們，不知為何令我目不轉睛。

「……」

這畫面太美，簡直就像從電影某一幕剪下的片段。

美麗動人的千金小姐與公認的美男大老闆，總覺得這兩人說不上來地登對，美得像幅畫作。

一想到女主角若換作是我，肯定無法這麼夢幻，就覺得內心一陣刺痛。

明明至今為止從未有過這種心情。

「怎麼啦？葵。」

「呃，沒事！」

我用剛才疊到第二層的薄鬆餅夾入栗子金團餡，做成銅鑼燒風格的甜點並端去客廳。

「肚、肚子……肚子好餓……」

「來，這是葵做的烘焙點心，把這吃了吧。」

大老闆拿著夾了栗子金團餡的鬆餅，送往那位女子的嘴邊。對方嗅了嗅味道之後，微微張嘴咬了一小口。

確認過眼前的食物可以下嚥之後，剛才還六神無主的雙眼立刻充滿光芒，大口大口吃了起來。

明明一副千金小姐的打扮，吃相卻格外狂野。

「……」

我跟大老闆看得目瞪口呆。結果對方吃得實在太急，還被噎到了。她握拳用力搥了搥胸口。

「慢慢喝點水消化，吃這麼快很危險的，小心點。」

大老闆口氣雖然無奈，但還是很懂得照顧人，把裝了水的茶杯送往女子的嘴邊。她慢慢喝了水之後，總算平復下來。

這狀況又令我產生些許的焦躁。

內心會不禁感到一股煩悶，果然是因為我太在意大老闆……沒錯吧？啊啊，說不上來為什麼，覺得自己輸了。

「呼……讓兩位見笑了。」

「白髮與黑眼珠……妳是一反木綿嗎？」

「是的……啊！」

女子發現自己一直被大老闆抱著上半身，立刻紅著臉逃脫大老闆的臂彎，反應像極了正值青春年華的姑娘。她逃到房內的角落，維持跪坐姿勢向我們優雅地低頭行禮。

「我名為羽多子，是一反木綿，出身自西南大地一間名為黑崎屋的鞋舖。」

大老闆說著「哦？黑崎屋是嗎？」似乎想起了什麼。

他開始替沒能意會過來的我進行說明。

「葵，黑崎屋是目前在隱世被譽為聲勢最高的鞋舖，販售草鞋與木屐等鞋履用品。黑崎屋出產的草鞋特別輕巧又耐穿，重點是相當好走，也是我的愛用品牌。」

「呃，是喔。」

對於一雙草鞋的好壞之分，至今我未曾認真思考過。不過，難道我穿的草鞋也是……

「話說回來，感謝剛才的美食招待，讓我湧現了力量。」

羽多子小姐用衣袖掩口，盯著剛才用來裝鬆餅的盤子。

「啊啊，那是米粉做的鬆餅，搭配栗子金團當內餡。」

「『鬆餅』……？」

「妳剛才怎麼會倒在外頭呢？嚇了我們一大跳。」

「的確很奇怪，說起來黑崎屋的千金怎麼會出現在此地？」

「呃，這個呢，是因為……」

羽多子小姐掩著口，支支吾吾了一會兒後。

「那個，我原本是來找人的……一時衝動離開了西南大地，搭乘空中飛船來到這裡。然而在船上看見沒錢的老人家遇到困難，我就把身上的錢全給了對方。結果踏上此地以來，什麼也沒吃沒喝……」

「呃……」

這不就是被有心人士詐騙了嗎？

「啊啊啊啊啊！我知道，我都明白。是我自己太傻了！但是當時我完全沒警覺。這樣的我總是被大家說太天真不懂世故，認不清現實。我完全不打算否認，但我天生無法對有困難的人置之不理。然而，就是這樣的性格才讓反之介大人對我感到不耐煩，不願意正眼看我一眼吧。」

「咦……呃……」

羽多子小姐趴在榻榻米上哇哇大哭。

雖然這番自虐式發言也讓我覺得莫名，不過最在意的重點還是……

「反之介是指……八幡屋的那個少爺？」

「是的，正是他！難道兩位知道反之介大人的下落嗎？」

「何止知道，白天還目睹他為了搶奪葵的手做便當而追著狸貓跑呢。」

大老闆平淡地告訴羽多子小姐，結果對方一臉充滿希望地驚呼「什麼？」還雙手合十朝天空拜了拜。

「那位大人果然在這裡呀！」

「呃，羽多子小姐，請問妳跟那位反之介……是什麼關係呀？戀人？」

我乾脆單刀直入問清楚。

「不，我是他的未婚妻！我跟反之介大人已在雙方家長促成下締結了婚約。」

「……」

「啊……不好意思。我光顧著自己一個人滔滔不絕。方便請教兩位的大名嗎？」

面對這太過衝擊的事實，讓我現在才發覺我們還沒自我介紹。

「呃，我叫做葵。」

至於姓氏，還是暫且先保留吧……

「哎呀，真是充滿雅趣的名字。葵小姐，還請您多多關照了。」

羽多子小姐似乎還沒察覺到我身為津場木史郎的孫女。

「我是陣八，是葵的丈夫。」

「欸！」

「哎呀，原來兩位是賢伉儷呀！跟我原先猜想的一樣。畢竟看起來就是感情和睦的一對佳侶。真希望有朝一日我也能和反之介大人成為相敬如賓的夫妻，過著簡樸的新婚生活。」

「……」

喔，好。反正我已錯過吐嘈時機，算了。

大老闆的心情卻莫名地好，又讓我產生一股沒來由的慘敗感。

「不過，原來那個反之介有未婚妻啊。看他對鈴蘭窮追不捨，還以為他單身……這才回想起來，他曾說過自己被父親逼迫進行政治聯姻呢。」

「可是他卻丟著未婚妻不管，追著其他女人跑，果然是個沒救的男人耶。」

「葵，妳不用擔心。我絕對不會去外頭拈花惹草！」

「錯不在反之介大人！都要怪我沒有足夠的魅力吸引他！」

「欸欸欸！等一下。你們兩個都先別擅自各說各話了。」

關於大老闆這邊，我壓根兒沒有擔過這種心。至於羽多子小姐，我已經不知道該如何吐嘈她了。

「藝妓鈴蘭小姐所具備的姿色、魅力、才智以及氣質，我全都沒有。為了讓反之介大人對我產生興趣，一直以來進行了許多努力，但我依然不是成為他妻子的那塊料，畢竟我根本配不上那位大人。」

羽多子小姐沮喪地垂下肩。

我跟大老闆轉頭互看了彼此一眼，歪了歪頭。

我們彷彿想問彼此：「她到底在說什麼鬼話？」

「妳……對反之介這個人的評價好像異常地高耶。在我看來，倒是難以苟同呢。那傢伙平時就素行不良，不是個正經的男人。」

「就是呀！鈴蘭小姐被那個男的死纏爛打，不勝其擾耶。而且妳明明已經美若天仙了，別太過度貶低自己……否則我都覺得自嘆不如了。」

這位小姐即使站在大老闆身邊也很登對，美得就像一幅畫。

雖然很容易受騙，但是見別人有難無法置之不理的性格，顯示出她是個純真又溫柔善良的女性。

說起來，這麼美麗又專情的女子，怎麼會看上反之介那種傢伙？

我不懂……完全無法理解。

「明天帶著這位羽多子小姐一起去樹椿之家吧。反之介應該也會到場。不過他目前處於被八幡屋逐出家門的立場，無法給妳任何未來的承諾，而且我也感受不到他有任何成就大事的野心。

縱使如此，妳還是要喜歡那種傢伙嗎？」

大老闆嚴肅地質問對方。

羽多子小姐雖然垂低著視線，仍堅定地點了頭。

「是的。所有人都無法置信地問我何必屈就於他，要我放棄那種傢伙。但反之介大人曾經幫助我一次。那份恩情我此生無法忘懷，所以我無法放棄。即使他在任何人眼裡都是個窩囊廢。」

「……羽多子小姐。」

無法忘懷的恩情嗎……

羽多子小姐直呼反之介窩囊廢，代表她心裡其實很清楚對方只會惹事生非吧。

儘管如此，還是追隨他的腳步來到了這片異鄉。

她到底欠了對方多大的恩情？

到了明天，假使真的見到反之介，又打算怎麼面對他？

第五話

除夕夜的年菜（下）

「反之介大人！」

「！」

隔日午後，情不甘情不願來到樹椿之家的反之介，看見羽多子小姐時的神情實在太直白了。

「遇到最難應付的傢伙了」——這些字在反之介的臉上表露無遺，他甚至立刻拔腿逃跑。然而被大老闆拉著衣領阻止說：「等等，站住。」他又被帶回原地。

「為什麼連羽多子也出現在這啦！」

「咿！果然給您帶來困擾了嗎？」

「好了，暫停暫停。雖然很在意你們倆之間的問題，但今天應該有得忙了，有話晚點再說。我們今天的任務是幫白三葉館的孩子們準備年菜。首先是場地布置。來，你們倆都用這個把袖子挽起來。」

我簡明扼要地進行說明，將束袖帶發給反之介與羽多子小姐。

羽多子小姐雖然貴為千金，但似乎很熟悉束袖帶的綁法；反觀另一邊的反之介好像根本不會用。

我無奈心想真拿他沒辦法，本來打算出手幫忙，沒想到大老闆一把搶過我手中的束袖帶，親自幫他綁好。

反之介的臉色比平常還更加慘白了，近距離面對大老闆讓他相當驚恐……

我們首先前往的目的地，是要招待學生年菜的場地——白三葉館內的教室。

據說這間教室平常並未拿來上課，不過仍放著書桌，很有校園氣息。

這裡的桌子比我小學時的還大，看起來頗方便使用。但要進行擺盤設計活動，還是更大一點的桌面比較好，所以……

「我想把學生分組，塑造成同樂會的感覺，一定會很熱鬧的！」

「啊？同樂會……什麼東西？」

「把桌子像這樣四張四張合併起來，就能有更大的作業空間了對吧？把大盤大盤的年菜端上桌，由小組成員們同心協力裝填進便當盒中。」

「四人一組的話，差不多有十組呢。」

「嗯嗯，一定能完成十款各有特色的年菜餐盒。由自己親手設計擺盤，孩子們想必也能吃得更加津津有味吧。」

無窮的好奇心是孩子專屬的武器。

親手參與盛裝年菜餐盒的體驗，也能讓他們好好看看、更認識這一道道料理。

色、香、味……我所製作的年菜，能從這三方面挑動他們多少的好奇心呢？

能否連帶讓他們願意嘗嘗看呢？

「好！那麼反之介、羽多子小姐還有千秋先生，就請你們三位留在這間教室進行會場布置。記得要營造出除夕夜同樂會的歡樂氣氛喔。」

「明白了，葵小姐～雖然這一組的陣容令我有點擔心。」

「抱、抱歉……千秋先生，把這麼麻煩的差事塞給你。」

「沒問題的，反正楓好像晚一點也會過來幫忙。在那之前我會設法在這個廢柴小組裡努力的。」

「你這傢伙是哪根蔥！敢說我是廢柴！」

反之介槓上千秋先生，倒抽一口氣的千秋先生馬上又畏縮了起來。

「反之介，話先說在前頭。千秋先生可是跟你處於對等的立場喔？人家甚至還身為天神屋幹部與右大臣的弟弟，頭銜多得很。老實說比你還偉大。」

「唔、唔唔……」

沒錯，在這塊地盤上，反之介的身分並沒有特別了不起。

雖然不認為現實會如此圓滿，讓他在這裡改過自新，不過希望他看著千秋先生這個榜樣，能夠稍微領悟到一些什麼……那就好囉。

「葵、葵，那我呢？」

好了。遲遲未被分派任務的大老闆，開始迫不及待地引起我的注意。

「我想想……大老闆你就來廚房當我的助手吧。必須趕在太陽下山前把剩下的年菜做完呢。」

「很好！我能成為葵的得力助手！」

「大老闆你真的很喜歡幫忙耶。」

有開心到連雙手握拳的勝利姿勢都擺出來嗎？

好啦，這也是這次我選他來當助手的原因就是了。

「指甲呢？」

「剪了！」

大老闆伸出雙手給我看。嗯……真可愛……

會覺得這樣的大老闆可愛，是因為我主觀喜歡他，還是客觀來說真的很可愛。到底是哪一種……奇怪，這個人原本就是這副德性嗎？鬼？鬼的定義到底是？眾人畏懼的邪鬼又是……嗯嗯？

「啊！就說了今天可沒空悠悠哉哉啊！我們該出發囉，大老闆。千秋先生，這裡就拜託你啦。」

「遵命～所有需要的東西我都已經擺在廚房了。」

「謝謝！反之介你也要好好幹活，別給千秋先生添麻煩了喔。羽多子小姐也麻煩多幫忙了！」

「呃！」

「我、我會加油的！葵小姐。」

於是我們帶著各自的使命，開始為今晚的除夕夜同樂會進行準備。

白三葉館的隔壁就是廚房。

聽說這裡過去是負責製作並提供孤兒院伙食的地方，現在則是委託工廠製造生產後再運送來孤兒院。院裡連個負責烹調的廚師都沒了。

雖然許久未經使用，不過打掃得乾乾淨淨，沒有任何問題。

「啊！便當盒。」

今天要用來盛裝年菜的方形餐盒也已經備妥。

「四方形的漆器木頭餐盒……雖然有點年代了，不過看起來很氣派呢。」

「聽說是千秋從老家翻箱倒櫃挖出來的老古董。」

餐盒為雙層構造，裡面則設計為十字隔層，就是大家心目中最典型的那種款式。

每組總共會有兩層加起來共八格的空間，再加上另外準備的數種小型食器。組員們將集思廣益，巧妙地運用空間來盛裝料理，完成專屬各組的年菜餐盒。

・手工豬肉火腿捲起司&昆布絲
・一口筑前煮
・伊達捲
・甜燉肉丸
・蟹肉棒醋漬紅白雙絲
・涼拌鮮蝦番茄酪梨丁
・杯裝鮭魚親子散壽司
・蜜黑豆與栗子金團

我打算準備的年菜料理，主要如同以上所列。

「豬肉火腿、蜜黑豆與栗子金團這幾樣昨天就先進行準備，今天早上完成最後收尾了對吧。伊達捲也先做好備用了，燉肉丸的肉餡也好了。我先來燉一大鍋筑前煮，大老闆就利用這段時間把肉餡捏成高爾夫球大小……你知道高爾夫球嗎？」

「當然知道，去現世時會被招待去玩高爾夫。」

「喔，是喔。」

光是想像大老闆打高爾夫的模樣就差點失笑，但我馬上繃緊神經著手進行作業。

首先要製作的是筑前煮。

這是我平時常做的燉煮料理，不過因為這次要準備給小朋友吃，所以改用無骨雞肉，並且將蔬菜切得更小塊。這就是以前在折尾屋幫天狗父子做的雞肉燉菜的變化版呢。

在等待燉煮入味的空檔，我將大老闆捏好的高爾夫球大小肉丸放進偏甜的番茄醬汁中燉煮。肉丸裡頭還加了玉米粒，是小朋友最愛的滋味。

接下來是手工豬肉火腿捲起司&昆布絲。

這道其實就是年菜「昆布捲」的替代版本，將昨天準備好的懶人版豬肉火腿切成薄片，放上昆布絲與起司之後捲起來用牙籤固定住，簡簡單單就能搞定。

選用小朋友也愛吃的昆布絲取代一般昆布，更能提高接受度。聽說由於這裡鄰近北方大地，日常飲食中也能攝取營養價值豐富的起司。因此，西北大地這裡的孩子對於起司的接受度似乎很高，才決定這次也加入菜色中。

「噢～很好很好，豬肉火腿也醃得很不錯呢。」

雖然只花一天的時間製作，從肉塊邊緣切下一看，剖面呈現濕潤的淡粉紅色。我將切成細長條的起司與昆布絲一起用豬肉火腿片捲起來，請大老闆嘗嘗看試作品。結果……

「噢噢！真是意料之外地美味！感覺很適合配酒。」

「的確是呢。畢竟這是爺爺以前很愛的下酒菜。其實配料改成梅肉更有下酒菜的風味，不過這次的客人是小朋友，所以就不放梅肉了。」

「原來如此。」

豬肉火腿帶著些許蜂蜜香甜的清淡風味，正是襯托出起司鹹味與昆布絲鮮甜的關鍵。我與大老闆同心協力，用純手工一口氣捲完四十份。

「很好，進度一切順利。接下來是醋漬紅白雙絲了。」

這一道是年菜的經典款，一般是將紅、白蘿蔔切絲後用砂糖、鹽與醋調味而成。紅白相間的顏色自古以來就被認為是好兆頭的象徵。

在我切著白蘿蔔絲的同時，在一旁剝蟹肉棒的大老闆突然問：

「為什麼不做一般的紅白蘿蔔絲就好，要加蟹肉棒？」

「因為蟹肉棒也是紅色的不是嗎？而且醋口味的涼拌菜裡放蟹肉棒很加分。」

「沒想到理由意外地單純呢。所以不放紅蘿蔔嗎？」

「因應這次的情況就不放囉。」

改良版本比起一般的醋漬紅白雙絲更多了一層蟹肉棒的風味與鮮甜，大幅提升孩子們的接受程度。

而且做為小菜之一也更有充分的飽足感。

正統版本雖然風味比較高雅又帶有年節氣息，不過這次最重要的前提是以讓孩子吃得順口為主。

加點蟹肉絲有可不可？一樣帶有紅白雙色的好兆頭呀！

接著我將切好的白蘿蔔絲抓鹽後靜置片刻，同時利用這段空檔調配調味料。

「將米醋、砂糖與昆布高湯混合之後，加點柚子汁是我推薦的配方。雖然很想把柚子皮切絲一起丟進去，能增添高雅又清爽的香氣，不過這口味可能對孩子們來說比較有挑戰性，這次就先作罷了。」

「嗯嗯。」

「好啦，接下來是大老闆的工作囉。幫我把剛才抓鹽靜置出水的白蘿蔔絲徹底擰乾水分，再跟剛才剝好的蟹肉棒拌勻。」

我吩咐大老闆用調理盆進行以上作業，我則適時從旁倒入調味料，讓他繼續拌勻。

「嗯！很好吃，好順口喔！」

「真的？我也想嘗嘗。」

「是是是，啊～～」

大老闆很聽話地張開嘴，於是我用筷子夾起成品送往他口中……

呃！我幹嘛理所當然似地叫他「啊～～」地張開嘴呀！

「嗯，的確順口又美味呢。酸味也比較溫和。」

大老闆卻若無其事地品嘗。

似乎只有我單方面在意這種新婚般的甜蜜舉動而激動得要命，總覺得好糗，嗯。

「大老闆～～醋漬紅白雙絲已經完成，該進行下一道了。」

「了解，我會跟隨葵的腳步直到天涯海角。」

真是忠心的助手。

接下來是涼拌鮮蝦番茄酪梨丁。

製作方法非常簡單。

將番茄與酪梨切丁後混合均勻，滿滿地裝進玻璃碗內，再將燙過的蝦子滿滿鋪在上面做裝飾。

「噢噢，真豪邁呢，而且色彩繽紛。」

「我想說晚點再淋上由番茄醬與美乃滋調配而成的粉紅沙拉醬，然後請小朋友們自己拌勻。粉紅沙拉醬和切丁的蔬菜非常搭，比起一般沙拉更好入口。尤其還加了番茄之類的材料。」

另外還可以添加水煮蛋或鮪魚罐頭等食材來增添分量感，不過這次暫時走簡單路線，僅使用番茄、酪梨與鮮蝦三種材料。

選擇裝進大玻璃碗內，是為了讓孩子們看見內容物。

蔬菜丁的配色繽紛又可愛，想說應該會很受女孩子歡迎吧。不知道他們會如何使用餐盒的空格來盛裝。由於另外還有準備小型透明容器，做成雞尾酒沙拉風格也不錯。

「很好，最後剩下散壽司了～」

就在此時。

「啊啊啊啊～～」

遠方傳來千秋先生的慘叫聲，害我嚇得跳了起來。

同時還伴隨瓷器還是玻璃之類的碎裂聲。

「葵，我們去看看吧。」

「呃，嗯嗯。好像有什麼狀況呢。」

我和大老闆快步前往正在進行除夕夜同樂會布置作業的教室。

發現教室裡……

「過什麼除夕夜，吃什麼年菜啊。把我們當成小孩子應付，無聊死了。」

「沒錯沒錯！」

「小敦說得對！」

惡童三人組站在拼好的書桌上，把裝飾用的花瓶與鮮花踢飛，拿著掃帚當大刀放聲大笑。站在中間帶頭的那位，仔細一看才發現是女生，讓我嚇了一跳。

「那些像是故事書裡會出現的典型小頑童是怎麼回事。」

「大老闆，他們是白三葉館五年級的問題學生。孩子們原本在教室跟楓學習製作新年用的稻草結掛飾，結果這三隻溜出來之後跑到這裡，教室的慘況如您眼前所見。尤其那個帶頭的敦子是個孩子王，負責統率底下的屁孩。」

「女版孩子王……」

以人類標準來說，小敦的年紀也不過國小五年級吧。

她留著一頭男孩般的白色短髮，有一雙細長的黑色眼眸與長長的眼睫毛，是個冰山美人。臉上的雀斑也極具魅力。

不過奇怪了，話說我總覺得在哪見過她。

那雙黑色眼珠子讓我特別有印象……

啊，對了。昨天接下院長大人的年菜委託時，從門縫外偷看的那個孩子就是她。

「你、你你、你們這些臭小鬼～～」

此時，另一位大型問題兒童反之介伸手指著孩子王所率領的三人組，氣得全身發抖。

「儘管很不情願，身為八幡屋繼承人的本少爺，可是親自為你們這群孤兒摘花摘草、製作布條，把教室布置得漂漂亮亮！好大的膽子敢給我搞破壞～～」

結果小敦故作成熟地冷眼俯視反之介，用極度令人不爽的口吻「啊～～？」了一聲回去。

「什麼『身為八幡屋繼承人的本少爺』啊，明明就是八幡屋不成材的笨蛋兒子才對。」

「笨……妳罵我笨？」

小敦從桌上一躍而下，翩翩降落在反之介面前。

接著兇狠地仰頭瞪著對方，用充滿諷刺的口氣連珠炮似地說：

「西南大地的八葉，八幡屋。享盡奢侈生活的你似乎還沒發現到，自己家早已赤字連連。受到上頭事業慘敗的影響，原本在八幡屋旗下和服店工作的我家老爸，因為人力縮編而被裁員了。」

「……妳、妳說什麼？」

反之介一無所知的反應，讓小敦露出「不意外」的無言表情，繼續說下去。

「老媽只帶著比我小的妹妹消失無蹤，老爸則涉入犯罪行為而被抓了。所以無依無靠的我才被關在這種充滿束縛的樹椿裡，不想讀書還要被逼著讀。」

「這、這關我什麼事，開除妳父親的又不是我。找我興師問罪根本弄錯對象了。」

「什麼弄錯對象～～？別開玩笑了！保護地方人民明明是八葉應盡的職責，你們執政者捅婁子，被逼上絕境的可是我們這些人民！然而你們卻還是視若無睹地享受榮華富貴！」

小敦忿忿不平的這番話令所有人都心頭一震。

因為身為現任八葉的大老闆、還有今後有潛力坐上八葉位置的千秋先生與反之介都在現場。

所謂八葉，除了是大商人，同時也身兼地方領主的角色。

領主的失敗將會反過來影響到當地的勞動者。

「大老闆……那孩子說的是真的嗎？」

「是呀，最近八幡屋的確被其他地區新崛起的和服店勢力壓著打。西南大地原本以八幡屋為龍頭，紡織與成衣產業發展得相當蓬勃。而八幡屋更是以富裕階層為主要客群，主打高級路線的和服生產銷售。不過……」

據大老闆所說，近來崛起的平價和服不但好穿又時髦，價格又親民，所以蔚為流行。千秋先生也一邊點頭認同一邊補充。

「八幡屋現任老闆過於重視自古沿襲的優良傳統，錯過了轉型的機會。我聽說因為錯估市場需求的關係，讓八幡屋的財政陷入嚴重的赤字危機呢。」

「啥？這是怎麼一回事，我可不知情。」

「……不知情？」

反之介的口氣讓大老闆冷冷壓低了那雙紅色眼眸。

「我想也是，畢竟你從來未曾在意這些事吧。」

「……」

「然而你可知道這是何等罪惡，比知情卻無所作為還更加惡劣。先不討論能否勝任的問題，你連成為八葉的資格都沒有。」

接著大老闆瞥了一眼反之介身後的羽多子小姐。她雖然一臉相當著急，還是節制地沒做任何反應。

「八幡屋老闆想撮合你與黑崎屋千金的原因，也正是如此吧。黑崎屋以獨家素材開發出能減輕腳部負擔又好穿好走的木屐與草鞋，獲得了事業上的成功。八幡屋若不倚賴黑崎屋，已無法維持經營了。」

反之介回頭望向待在後方的羽多子小姐。

她很尷尬似地將視線錯開，低頭看著地板。看來她十分清楚這一切狀況。

「這算什麼……還不是因為，根本沒人告訴我啊，不跟我說我怎麼會知道！」

反之介的這番說詞，讓小敦雙手插腰並且「哈！」地嗤笑了一聲。

「我都知道的事，你卻說不知情，也真是夠令人傻眼了。」

「妳……」

「連自家和服店與領地的狀況都一問三不知，你還有臉這麼大言不慚啊。我對你這傢伙的事可清楚得很。因為我實在很好奇，把老爸開除的無能八葉究竟是什麼樣的組織，還有傳聞中的笨蛋兒子又是個多麼沒出息的男人。」

她的口吻成熟得簡直令人無法相信，這番話竟然是出自一個孩子口中。

看來她孩子王並不是當假的，小弟們充滿仰慕的眼神已經證明了一切。

小敦乘著這股氣勢繼續暢所欲言。

「自從你來到文門之地，我就一直跟蹤並監視著你的行動。果然跟我原本料想的一樣，你真的是個愚蠢的男人。讓你這種傢伙當上八葉根本有百害而無一利。沒有人對你抱持任何期待，更沒有人希望你繼位！所以你只管繼續當個永遠需要受人呵護照顧的巨嬰，一事無成直到老死吧！」

被狠狠教訓的反之介無以反駁，臉色變得像塊白布一樣慘白，不愧是一反木綿。

「小敦太帥了！」

「小敦最強了！」

在小弟們的吹捧之中，小敦一行人輕快地跳出窗戶落跑。直到離去前一刻，她的眼神都狠狠瞪著反之介不放。

「啊啊啊！你們站住呀～」

千秋先生追著逃跑的孩子們跑上前去。

「……」

留在原地的只剩下我、大老闆、羽多子小姐和反之介四人。

還有一片狼藉的教室。

「那個……反之介大人，您別太氣餒……」

羽多子小姐試圖安慰，結果反之介卻用兇惡的口吻怒吼「吵死了，不許妳多嘴！」拒絕了對方的善意。

「真是受夠了！我要回去了。」

他像個小孩似地鬧起彆扭，離開教室。

「啊啊～實在是人仰馬翻呢。」

我扶著額頭，看著這混亂的局面深深嘆氣。

好好一個除夕……

「那個，葵小姐。非常抱歉。」

「嗯？羽多子小姐為何要跟我道歉？」

「呃，因為……都是我惹得反之介大人不開心。」

「錯不在妳，那全是反之介自作自受。那個叫敦子的女孩言之有物，而且有堅定的想法，讓反之介連反駁都辦不到。如果那傢伙能因此想通什麼就好了……」

大老闆維持著平淡的語調，轉身與羽多子小姐面對面。

「若要說妳有什麼需要道歉的，那就是一直以來對那個男人太寵溺了，包含八幡屋的老闆與大家也一樣。反之介確實是無藥可救的傢伙，但連八幡屋所面臨的問題都不知情，代表他真的一直被蒙蔽在無知裡吧。但這麼做等同於對他棄而不顧。」

「……棄而不顧……」

「不讓他得知任何真相，只顧著縱容他的任性，也就代表沒有人對他抱有任何期待。畢竟俗話說愛之深，責之切。」

聽了大老闆這番話，羽多子小姐伸手覆上自己的胸口，臉上露出反省的神情。

彷彿內心有某部分的確被說中而感到羞窘。

「反之介大人不知道是不是為此受傷了。」

「受點傷正好，那番話對他來說是一帖良藥。」

接著大老闆又轉身面向羽多子小姐。

「羽多子小姐，妳若能先起身改變的話是最好了。因為現在妳能站在與他同等的立場上。如果妳能改變對待反之介的態度，也許他也能發現到至今未曾在乎過的那些事。他或許有機會多多少少成長為正經一點的男人。」

「……」

羽多子小姐低垂著頭，用自己的方式努力消化了大老闆的建議，微微點了點頭。

「欸，羽多子小姐。妳說過反之介曾幫過妳，到底是怎麼樣的來龍去脈？為何妳願意為他堅持到這般地步？」

我並不打算數落反之介，只是單純想了解事實。

羽多子小姐回憶起久遠以前的故事，緩緩向我道來。

「其實黑崎屋的經營狀況……過去曾一度陷入破產危機，當時我跟反之介大人也並無婚約關係。某一天，反之介大人拿著在我們家新買的草鞋過來，要求我們重做。」

「重、重做？」

「是的。那是為反之介大人量身打造的訂製款，不過他表示長時間行走下來腳會痠。反之介大人原本不論到哪都以飛船代步，沒什麼行走的機會。然而他從那時開始頻繁跑去妖都遊玩，所以想找一雙適合逛街的草鞋。」

真、真是個奧客啊……

然而反之介這一次任性的客訴，卻大大改變了黑崎屋。

「家父開始深入了解自家草鞋的問題點，並且思考如何才能製作出更好走的草鞋。我也和父親一同集思廣益。因為我的體力也不好，長時間行走馬上就會累，所以向父親提議將草鞋輕量化，並且用更柔軟的材質來製作鞋底。於是父親就研發出彈性良好的材質，貼在鞋底以提升行走舒適度，造就嶄新的草鞋產品。」

羽多子小姐脫下自己的草鞋，展示鞋底給我們看。

上頭的確貼了一層具有緩衝機能的材質。有點類似橡膠的感覺，但又不太一樣。

據她所言，這是一種名為靈材質的纖維材質，以隱世特有的原料開發而成。

「反之介大人對於新型草鞋也非常滿意而讚賞有加。多虧有他，讓八幡屋也開始對這項發明產生興趣。在八幡屋大力資助之下，黑崎屋才不用再為資金所苦，投入於研究之中。最後終於成功將這種鞋底搭配靈彈性材質的草鞋正式商品化，轉眼之間獲得大量支持，得到良好的獲利。」

於是黑崎屋的經營狀況在那之後開始有了起色，業績也回轉……羽多子小姐這麼說。

「原來如此。所以說，如果當初沒有反之介耍任性，絕對不可能成功研發出這項商品囉。」

「而且八幡屋老闆也對黑崎屋有很大的恩情。」

羽多子小姐用力點了點頭，繼續說下去。

她說全因為有那次事件作為轉機，自己和家人才得到了救贖。

「所以妳才容忍他的任性，並且想嫁進八幡屋？」

「……是的，若問我能如何報答這份恩情，也只有這種方法了……我原本是這麼想的，然而我似乎錯了。」

羽多子小姐抬起臉，眼神似乎有別於過往的她……

她一臉正經地面向大老闆，深深一鞠躬。

「我現在總算才發現，其實您是天神屋的大老闆沒錯吧。」

「咦！妳怎麼知道的？」

結果反而是我慌了手腳。話一說出口便發現不對，便慌張地摀住了嘴。

怎麼會有我這種自曝身分的笨蛋啊……

然而羽多子小姐並未露出什麼害怕的神色，淡定地說：

「您腳下的草鞋和以前天神屋大老闆委託訂製的款式很像，所以我才發現的。請原諒我先前的無禮。」

「不……我似乎也對妳有點刮目相看了。看來妳是位敏銳又聰慧的小姐，最重要的是知恩圖報，而且還親身投入黑崎屋的事業……該怎麼說呢，真希望反之介也能向妳多學學。」

因為腳下的草鞋而身分曝光的大老闆。

似乎連他本人也對此感到驚訝。

「不過呢，羽多子小姐。重情重義的性格固然難能可貴，但可不能把對恩人的情義誤當成了愛情。」

「……」

大老闆一改剛才的嚴肅，用溫柔許多的口吻勸羽多子小姐。

他的這番話……總覺得帶著些許的憂傷……

「啊～真是的，別開玩笑了～～！」

「為什麼我們得負責收拾善後啊！」

「沒錯沒錯！」

「好了啦，別囉嗦！搞破壞的是你們，按道理當然是你們負責收拾呀！」

千秋先生與擔任院長祕書的吳竹先生，一同將惡童三人組帶回了現場。

不愧是平常負責照顧孩子的千秋先生，已經很熟悉如何對付小孩了。

「不好意思，大老闆、葵小姐還有羽多子小姐。我會讓這些小子好好收拾，馬上就把教室整理好。」

「嗯，這倒沒關係啦。不過……千秋先生你也滿身瘡痍耶。」

「啊啊，這點小傷沒關係的，只是稍微被抓了幾下。喂，你們快過來好好道歉！人家可是為了你們費心準備年菜料理啊！」

「哼！年菜那種東西難吃得要死又很俗，誰要吃啊。」

「沒錯沒錯！」

「小敦說得對！」

「你～們～三～個～！」

千秋先生的尾巴已呈現炸毛狀態，忍耐值似乎差不多到達極限。

於是大老闆拍了拍千秋先生的肩膀安撫他，並且配合孩子們的高度蹲下身子，直直看著他們說：

「年菜料理或許的確給人老掉牙的感覺，不過我認為葵做的年菜另有一番新滋味喔。」

「啊～？」

我也抓準時機接在大老闆後面開口，試著引起他們的興趣。

「如果嫌老土，就自己動手設計時髦一點的就行啦！」

「啥？」

「年菜的滋味我可以拍胸脯保證，不過要怎麼創新就靠你們的本事囉。因為要負責盛裝年菜餐盒的人是你們呀。」

「？」

三人組聽完我無厘頭的發言，開始交頭接耳地討論著：「這個大姐姐腦子還好吧？」

「再一會兒就能上菜了，收拾整理的工作就拜託你們囉。」

「咦～」

「好了，你們剛才把這裡弄得多亂，就必須加倍布置回來！否則休想嘗到葵小姐做的美味料理。」

「……」

被千秋先生訓了一頓的孩子們，雖然嘴上仍喃喃地抱怨著，不過開始動手整理起會場環境。他們願意留下來，應該也代表對年菜或多或少有點興趣了吧？

我心想這邊狀況似乎已經大致搞定，於是跟大老闆回廚房繼續準備年菜料理。

「大家把手洗乾淨了沒？餐盒準備好了嗎？」

「好了～」

「很好，那各組就開始利用桌上的年菜，自由盛裝在餐盒裡喔。規則是所有品項一個都不能少喔。設計得最漂亮的組別將可以得到獎品——現世口味的甜點『巨無霸泡芙』喔。」

除夕夜的同樂會就此開幕。先前教室內的慘狀已經復原，被分成數組的孩子們各自專心地用年菜將餐盒填滿。拼在一起的桌面上分別擺著裝在大盤裡的料理。

孩子們同時還能利用小碗小碟與花朵或扇形裝飾物來妝點餐盒，打造出專屬於自己的年菜便當。

我們大人則負責在旁邊幫忙看著，有需要時提供協助。

「哎呀，妳不喜歡醋漬紅白雙絲嗎？」

一個嬌小的女孩子看見紅白雙絲，臉都皺了起來。

「因為很酸嘛。」

「這裡面加入蟹肉絲，吃起來很順口喔。要不要嘗一點？」

「……咦，不怎麼酸耶。」

「對吧？那就裝進這裡看看吧。」

同時還要像這樣不著痕跡地進行誘導，避免他們挑食只裝自己愛吃的菜……

「噢噢，很豐盛的作品呢。不過裝得這麼滿，真的吃得完嗎？」

「當然會吃光光，老師說過留下剩菜會被惡鬼吃掉的。」

「就是呀，你看起來的確很美味。」

「咦～？」

大老闆一邊湊近看著調皮的男孩子完成的年菜便當，一邊咯咯輕笑著。

男孩剛才那句話應該是出於無心，結果身旁正好就是在隱世被稱為邪鬼的大老闆……不過，溫柔地用眼神守護孩子並且伸出援手的他，怎麼看都不像惡鬼。

「呃，葵小姐！蓋子彈開來了～～！」

「咦！哇！等我一下喔。」

羽多子小姐負責照顧的小組，似乎遇到便當盒蓋闔不上的問題。

我想也是，因為實在裝得太滿了。

由我來稍微幫忙調整……呃！哇……隔壁右手邊的組別似乎是菁英群，費盡心思縝密地完成最完美的比例。原來還真不能小看孩子們的潛力呢。

「是說呀，有沒有蓋起來也沒差吧。明明當場就要開動了。」

「咦？」

左手邊是小敦帶頭的不良頑童組。

哎呀～不過小敦這組的作品還真頗具創意。

他們將餐盒內附的隔板全都拿掉，擺入多個小玻璃碗來盛裝年菜，完成了色彩繽紛的造型。除此之外，小敦還利用剛才去外面摘來的野花裝飾盒內空隙，更添時尚感。原來他們打從一開始就以不闔上蓋子為前提，將餐盒當成餐盤來使用。

「很棒嘛！雖然沒有年菜餐盒的感覺，不過很有現世時髦和風咖啡廳的味道。」

「那還用說，我設計的年菜怎麼可能會俗氣。」

「沒錯沒錯！」

「小敦可是我們的時尚教主！」

「呃，哈哈哈……」

時尚教主這個詞到底從哪學來的？

不過仔細打量之後，這孩子的確很會運用二手舊衣搭配出創新的時髦感。乍看之下亂蓬蓬的短髮，好像也是刻意抓翹的造型，比例有種說不上來的恰到好處，能感受到她的品味堅持。

不愧是一反木綿。也許這種優秀的時尚品味是他們的民族特性……我亂說的啦。

「小敦，那妳乾脆以成為模特兒為目標不是很好嗎？」

「啊？那是啥？」

「以現世來說，就是引領服裝與髮型的潮流，大家都會嚮往的那種人。小敦妳品味又這麼好，嗯，肯定適合！」

「……？」

小敦把嘴角往下撇，變得滿臉通紅。

根據千秋先生的說明，隱世也有類似時尚模特兒性質的職業，於是小敦一臉微微暗自開心地回答：「好吧，我考慮看看。」

孩子們正費盡心思努力完成年菜的裝盤。

各組在時間限制內努力地構思如何才能呈現最佳賣相，以及如何將全數料理妥善進行空間配置，並與組員們同心協力完成作品。

當然也有些顧著發呆或是不合群，像小敦那樣的問題兒童，不過大家都很獨立又手腳俐落，懂得運用智慧。我不禁在內心欽佩，他們在這裡培養了這些開闢未來人生道路的能力，就算沒有父母在身邊也不用擔心。

最終結果，由小敦這一組在激戰之中勝出，獲得在飯後享用獎品「巨無霸泡芙」的資格。拿下冠軍的小敦與組員開心的程度超乎我預料，而其他小組也努力完成了幾乎不遜色於第一名的作品，就讓他們也一起享用普通大小的泡芙吧。

各組將剛才進行活動的桌面整理乾淨，把裝滿年菜的餐盒放在正中央，準備好分食的餐盤之後，各自就定位坐好。

然後大家迫不及待似地雙手合十。

「開動～～」

來。

大家共享充滿年味的一餐吧。
今天是除夕，這一年就要結束了。
想必也是家家團圓的日子。
我衷心祈禱，希望這一天對這些無依無靠的孩子而言不再充滿苦痛，而是享受美食的歡樂時光。

「反之介大人……？」
羽多子發現教室窗外的人影，正急忙打算走出教室。大老闆把她攔住並且不知說了些什麼，然後自己親自出去了。
此時正好是大家的正餐告一段落，開始享用飯後甜點的時刻。
「千秋先生，這裡就交給你了。」
「我明白了。」
我追在大老闆後頭離開。
「大老闆、大老闆！有找到反之介嗎？」
「葵，妳幫我去廚房把多出來的那一盒年菜拿過來。」
「……嗯？我知道了。」

雖然不明白大老闆在打什麼鬼主意，我還是依照吩咐去了廚房，帶著多出來的年菜餐盒來到外頭。

本來想說帶回去留著明天吃也好的。

「啊……」

反之介一屁股坐在操場角落的大樹下，看起來正在賭氣。樹上的枝梢聚集了幾團鬼火，微微照亮這塊空間。

大老闆走近反之介身旁坐了下來，不知道在跟他說些什麼。

我繞往大樹後方，偷偷聽著兩人的對話。

「你竟然回來啦，我還以為你一去不回了。」

「哼。」

「不過，就算逃離這裡，現在的你大概也無處可去、無依無靠就是了。」

「……」

「被小孩子訓了一頓，讓你有了這麼深刻的體悟嗎？一旦意識到自己不受任何人的期待與依靠，就會產生深深的恐懼。你現在總算才明白——自己是孤身一人……」

接著大老闆緩緩掏出菸管，開始吞雲吐霧。

「天神屋的大老闆，你到底想說什麼？把我當笨蛋取笑，這樣你就心滿意足了嗎？現在的你又何嘗不是被世人冷眼看待，無處可逃。妖都的追兵不用多久就會找上門來了。」

己。

「我明白，所以才這麼做。」

反之介回了一聲「啥？」我也一樣不太清楚大老闆話中的真意。

不過，他是否覺得彼此的處境很相似？無法回到八幡屋的反之介，與無法回歸天神屋的自己。

「領悟到自己是孤獨的，其實也能成為邁開第一步的勇氣。反之介，你目前的處境已形同失去八幡屋少爺的身分。既然如此，就以最原本的你試著體會外面世界的殘酷吧。反正你已沒有更多可失去的，而且總能找到自己能做些什麼。」

「說什麼傻話……事到如今，不可能有我的容身之處。」

「那不如就來天神屋吧。」

「……啥？」

就連躲在大樹後面的我，聽見大老闆的提議也不禁「嗯？」了一聲。

我的行蹤也因此被兩人發現了。

放棄偷聽的我乖乖地現身。

「哈哈哈！我的鬼妻還真喜歡暗著來呢。」

「不、不是啦……我只是找不到時機出場而已。」

大老闆斜眼看著我撇過頭去的模樣咯咯笑，同時接過我手中的餐盒並且打開蓋子。

「來，反之介。你之前說文門之地沒有好吃的東西，肚子應該很餓吧？嘗嘗我妻子精心製作的年菜。」

「……」

反之介似乎真的正餓著肚子。

他緊盯著盒子裡的年菜瞧，很明顯地嚥了一下口水，然後終於按捺不住地拿起筷子，大口大口吃了起來。

「反之介，所以我再問一次，你要不要暫時來天神屋工作？」

「你瘋了嗎？找我去天神屋？我明明還砲轟過你們家旅館。」

反之介不解地一臉防備，瞪著大老闆。

嘴邊還黏著散壽司的飯粒。

「說起來，今後天神屋還撐不撐得下去都是個問題吧。」

「嗯，是呀。無論我回歸天神屋與否，那間旅館今後都勢必面臨困境。正因如此，我才對你提出邀請呀，反之介。試著讓自己置身於艱困的險境吧。雖然這一路上免不了經歷各種折磨，但努力堅持一次看看吧。天神屋也跟你一樣，會從谷底再次爬起來的。」

從谷底再次爬起。

這句話讓反之介的眼神為之一變。

從表情可以看出他的防備開始動搖，彷彿醍醐灌頂。

「暫時來我們這工作一段時間，哪天你認為自己有資格回到八幡屋了，隨時都能離開。當你有了肩膀之後，或許大家也會開始對你接任八幡屋後的作為重新抱持期望。」

「……對我……抱持期望……？」

「我是這麼打算的，將你磨練成值得被期待的男人，就如同千秋一路熬過來那樣。不過，終究還是取決於你自己就是了……」

大老闆站起身俯視著反之介，同時再次提出邀請。

「怎麼樣？如果你真心想要有所改變，就考慮看看吧。我隨時歡迎你。」

大老闆轉身悠悠離去，身上的胭脂色學生服外褂隨之飄揚。

而我仍呆呆站在反之介旁邊。

反之介似乎完全無視我的存在，從剛才就狼吞虎嚥地享用年菜，卻又回想起大老闆對他說的話，一邊苦悶地陷入沉思。

話說回來，大老闆還真是毅然決然地提出這建議耶。

沒想到他竟然打算聘反之介來天神屋……

「欸。」

「哇啊！津場木葵，妳怎麼還在這！」

反之介這才發現我還在現場，做出很誇張的反應。

「便當盒。吃完的話就還我，我要拿回廚房洗。」

「呃，喔……」

反之介把頗具分量的一整盒年菜吃得一乾二淨。

他莫名聽話地把空便當盒遞了過來。

這麼老實的反之介，反而讓我開始感到混亂了。

「你怎麼決定？要來天神屋嗎？」

「就算去了，大家也會認定我根本沒有工作能力吧，只會白白惹人厭。搞不好還會被霸凌呢。」

「是啦～一開始也許會被冷眼相待吧，畢竟我也經歷過。不過……天神屋這地方其實意外聚集了許多像你這種邊緣人。只要拿出誠意跟幹勁，就能得到認可。我認為不會有人棄你於不顧的。而且大老闆其實本來就是那個性格，看見有人落單就把人家撿回家是他的興趣。」

「……」

「不過，最終還是看你怎麼決定就是啦。」

一開始雖然很驚訝，不過回想起大老闆一路以來收留各種妖怪加入天神屋這個大家庭工作，也能理解他為何邀請反之介了。應該說完全不意外。

而且天神屋的今後確實令人堪憂。

即使八幡屋再怎麼落魄，好歹也是八葉其中一員，打好關係對我們有益無害。考量到未來不知還剩多少員工願意留下，人手多一個算一個……至於反之介是否真的能派上用場，就另當別論了。

反正大不了叫他來夕顏幫忙點點餐，這總辦得到吧。如果沒人願意帶他，就由我跟銀次先生加上小愛好好嚴格訓練他……

我一邊如此想著，一邊抱著便當盒往廚房前進。

反之介暫時留在原地，似乎依然若有所思。

回到廚房，發現羽多子小姐正抱著高高一疊孩子們吃完的餐盒，瘦弱的手臂與身體一邊顫抖個不停。

「羽多子小姐，對不起！一定很重吧！」

「不、不會，這點不算什麼，哇！」

「啊啊啊啊！」

我從前面幫忙扶著搖搖欲墜的餐盒塔，從最上層陸續挪往流理台。

「呃，我也來幫您洗碗！」

「咦？可以嗎？謝謝！」

雖然貴為千金，羽多子小姐洗碗的架勢卻相當俐落，令我欽佩不愧是曾經從谷底翻身的人。

然而她的表情卻莫名凝重，舉止間透露出想問又不敢問的兩難。於是我主動開口。

「欸……羽多子小姐，那個，大老闆他呀，邀請反之介來天神屋工作。」

她停下洗碗的動作。

原本為了找尋反之介才千里迢迢來到文門之地的她，不知道對於這件事會做何感想。

「這、這樣啊……嗯，我認為這樣比較好。」

「妳不會……反對嗎？婚約也許又要不了了之耶。」

「關於這一點，已經沒關係了。」

羽多子小姐相當平靜。

難道她對反之介已經心灰意冷……？

我心想這也是理所當然，不過她的心意好像另外有了別的歸宿。

「我明天就回西南大地努力精進，讓黑崎屋的鞋舖事業能夠更加壯大。我打算不再繼續追隨反之介大人了。」

「這是……為什麼？」

「我被天神屋大老闆的一番話點醒了。我想我的這份戀慕之情，其實只是一心想報恩的單方面執念。」

「……羽多子小姐。」

不能把對恩人的情義誤當成了愛情。

大老闆確實如此說過。

總覺得這句話現在也成為對我自己拋出的質問。

我能斷言這份情感並不是產生自過去的恩情嗎？

「下一次，我打算等待反之介大人主動來到我身邊。即使不是以婚約者的立場，而是做為一名商人也無妨。」

「意思是，妳期待著反之介未來有一天……成為八幡屋的八葉嗎？」

「是的。如果有朝一日他願意開口借助黑崎屋的力量，讓我們為八幡屋效力……那一刻正是我報恩的第一步。」

她露出些許落寞的笑容，但已決定起身向前，直直向著前方彼端的未來。

我由衷認為她為自己做下了最完美的結論。

羽多子小姐正試圖做出改變。她選擇退一步在遠方守護對方，決定走上屬於自己的人生道路，直到自己能成為對方助力的那一天到來。

反之介，有個人願意等待你成為更好的自己喔。

不知道他何時才會察覺到呢。

「啊～累壞了。」

回到別墅後，我立刻往榻榻米上一躺。

今天做了料理，還跟許多小朋友交流，真的過得很愉快。不過體力也耗盡了。

現在睏到不行，彷彿一閉眼就能進入夢鄉。

本來還想吃碗跨年蕎麥麵的……

「在這裡睡著會感冒的喔，葵。」

我聽見大老闆的聲音。

用力撐開時不時闔上的眼皮，才發現大老闆湊近看著我。

「大老闆……」

為什麼邀請反之介來天神屋？

你打算讓他在天神屋做什麼工作？

有好多事想問清楚，睡意卻使我開不了口。

我只是翻身面向大老闆，對於他近在身邊這件事感到放心，同時握緊了和服的下襬。

「妳真的很努力了呢，一直以來……都這麼努力。」

他用溫柔的甜言蜜語稱讚我。

用我喜歡的大手輕撫著我的頭。

光是得到他的讚美，就讓我覺得啊啊太好了……我的一切努力都值得了，不枉費我一路來到這裡。

「晚安了，葵，我打從心底尊敬妳……」

晚安。

大老闆的這番話真的令我好開心。

他好像還接著講了一些什麼，但我沒能仔細聽清楚。

即使如此，你的聲音依然不絕於耳。

來自那個如夢境般遙遠的彼方。

插曲 大老闆

「大老闆……」

聽見她用微弱的聲音喊了身旁的我一聲，並抓住我的外褂下襬，結果才發現她已經累得睡著了。

「晚安了，葵。我打從心底尊敬妳……」

我如此說完，輕輕吻上她的額頭。

葵應該早已不記得了吧。

這樁婚事的真正意義。

史郎所立下的婚約誓約書，其實打從一開始就幾乎不具任何意義。

不過只是我將妳帶來隱世的藉口罷了。

——為了遵守過去與妳的約定。

○

那一天，那一刻，在那個沉澱了黑暗孤獨的房間裡。

我心想鬼面具會嚇著妳，於是戴著跟銀次借來的南方大地面具，去見了妳。

然後告訴妳別擔心，妳能繼續活下去，因為我一定會拯救妳。

結果妳這麼回答我。

『那就別丟下我一個人……我討厭孤單一人地活下去。』

傷腦筋。我沒想到會得到這種回應，於是搖頭拒絕妳說「我辦不到」。

妳是人，我是妖，生活的世界本不相同。

我向妳說明了，一個人類姑娘想留在妖怪身邊，只有嫁來隱世一途。

結果妳又給了我意想不到的回答。

『那讓我嫁給你。』

『……這……』

『不能一死的話，就讓我嫁給你。』

我更加束手無策了。

說起來，打從一開始就根本沒料想到，這麼小的孩子會提出要我娶她的要求。

不，也許這只是類似小女孩過往會對父親說的那種童言童語。

一瞬間閃過腦海的，是史郎過去立下的誓約書內容——將孫女許配給我。但是過去的債務問題根本早已另外解決了。

因此，當時的我絲毫沒有要娶她的念頭。

然而——

『我曾說想要當爸爸的新娘，結果媽媽說不可以。』

『……』

『她說爸爸的新娘永遠只有媽媽一個，所以我也要跟世上最愛自己的人結婚。我必須找到這樣的一個人，然後永遠在一起。』

當時想必她的父親還在世，而且母親還疼愛著她吧。

雖然當時年紀還小，葵卻清楚記得自己備受父母疼愛時的事情，以及印象深刻的話語。

『我問你喔，結婚是什麼意思？永遠在一起嗎？可是爸爸不在了，媽媽成天看著他的照片，已經不願意看我一眼了。這就是結婚嗎？就是當新娘嗎？』

『不，不是這樣的意思，葵。不過……原來如此。妳的母親沒能撐過這一關呢。或許正因為她用情至深，才會走上這樣的末路。』

葵的母親，也就是杏太郎之妻，全心全意愛著自己的丈夫。

然而這份愛過於龐大，才讓她拋下為人母的責任，追尋著杏太郎的殘影。

她是一個失職的母親，但如今再多的指責也於事無補吧。

葵還是跟她分開比較好。

但這樣一來，誰能照顧這孩子……

『欸，拜託你，永遠不要離開我，讓我當你的新娘。我不想再一個人了。我、我也希望成為誰心中的第一……』

葵肯定一直渴望著被愛。

自從失去父愛，又得不到母愛之後。

年紀還小的她，卻必須思考自己為何不受母親疼愛，百思不得其解……

那個無法承受內心寂寞而拋下自己遠走的母親，過去留下的話猶仍在耳。

她緊抓著這根不存在的浮木，說出要我娶她這種話。何等愚昧，又何等令人憐憫。

她的要求就像內心糾葛所衍生出的願望，同時也是對自己的輕聲悲嘆。

嘆自己不得人疼，嘆自己被棄如敝屣。

我又何嘗不是如此。雖然現在有了天神屋這個歸屬，但仍時時刻刻懷抱著恐懼。害怕著如果展露出真實的自己，是否又將回到不見天日的黑暗，回到孑然一身的孤獨。

一想到這，我不禁想替她求救。

無論誰都好，請對這個可憐的小姑娘伸出手，用盡所有的愛來寵溺她，讓她感受到被愛。

就像黃金童子大人之於我。

但是，黃金童子大人過去也曾對我說過類似的話，就像葵的母親那樣——

我無法把最多的愛分給你。
我的心中已經另有至愛。從他那裡獲得的，我必須分配給多數人。
所以，剎，聽好了。
你必須找到只屬於你的至愛。
讓你想無條件守護、想用一生的時間陪伴，並且願意接納真實的你——不惜花上多少歲月，都要找到那個屬於你的唯一。
當時的我，還不明白戀愛為何物。
所以一直以為此生對我而言最重要的，就是名為天神屋的旅館。
而這個小姑娘也尚未真正明白婚姻二字的意義，只是不甘寂寞所以把我當成唯一的依靠，懇求我娶她為妻，終結她的孤單。
當她長大成人後，會怎麼看待身為鬼的我呢？
即使未來有一天得知我的真實面貌，也不會害怕我、厭惡我，或是離我而去嗎……
不，也許這一切取決於我。
我打算不再拒絕這個渴求被我愛的姑娘，接受她的願望，然後持續向她追尋答案。
問她是否真的願意接受這樣的我。
而我也將繼續問自己。
是否真心深愛這個姑娘。

『我明白了，葵，那妳要答應我一個約定。我必定娶妳為妻，所以……』

如夢一般不踏實的虛緲約定，想必妳應該早已不記得了。

因為我施下了咒語，希望妳能暫且忘卻一切，連同那些痛苦的回憶。這樣對妳比較好。

但是，最初先開口的可是妳唷。

是妳開口說渴望我。

所以我決定在一旁默默守護妳長大成人，直到妳明白何謂戀愛，並做出選擇的那一刻。在那天來臨以前，我都會無條件接受妳，視妳為「緣定今生的妻子」。

無論最後妳的選擇是什麼，決定去愛誰。

「不過，我希望那個人會是我。」

第六話　最後的便當

陷入熟睡的我連新年的初夢都沒作，醒來已是清晨。

今天是元旦。

這個早晨實在過於寧靜，讓我感覺不到迎接新年第一天的真實感。

我想現在是八葉成員正聚集於妖都，而天神屋的大家也正要迎來最終戰役的關鍵時刻。

然而我卻在如此祥和又幸福的心情下，繼續度過和平的一天……

「……大老闆？」

突然之間，有了想見他的念頭。

說起來，昨天睡著前的記憶已經模糊不清。

我最後跟大老闆說了些什麼來著？

急忙換完裝，我繞了屋內一圈。

哪兒都沒有大老闆的身影，找不到人。

一股不安開始湧上心頭，我伸手按著胸口。

難不成他一聲不吭就自己去妖都了……

「大、大老闆……你在哪？」

不知道為什麼，我隱約覺得昨晚的自己好像什麼也沒能說出口，只聽見他留下一句「再見」向我告別。我開始忐忑不安。

「匡咚」——廚房後門外傳來聲響，我急急忙忙拉開門。

「噢噢，嚇我一跳。葵，早安呀。」

「……大老闆。」

大老闆理所當然似地站在那。

身上穿著日式工作服的他，似乎在幫屋外的花草澆水。

我深深嘆了一口氣，忍不住用頭輕輕撞向他的胸前。

「怎麼啦？葵。難道身體不舒服？」

「沒有啦，還不是因為大老闆你……」

幸好我的不安只是杞人憂天。我馬上重新打起精神，抬起臉。

必須露出有活力的笑容才行。

「大老闆！今天想吃什麼便當？結果昨天沒能幫你準備。」

「光吃年菜就吃飽了呀。」

「可是，不是便當的話，就不能跟你打聽更多祕密了啊。」

「也對呢。今天啊……嗯，想必得告訴妳最重要的關鍵了。」

「……」

也就是說，我將在今天得知全盤真相了嗎？

這樣的話，或許我也有些事情必須趁今天告訴他了。

「所以，你想吃什麼？」

「嗯～那不然中華料理如何？中式的便當，我也喜歡中華料理唷。」

大老闆露出和藹的微笑，豎起食指如此提議。

「原來如此！中華料理啊～這麼說起來，在隱世的確不常做呢。爺爺是中華料理的愛好者，包含水餃在內，也很擅長自己做。以前在家裡，只要一決定今晚要吃中華料理，爺爺就會親自從採買食材開始準備呢。」

「沒錯沒錯，這是史郎的專長。我也常被他逼著吃他親手做的中華料理，其他妖怪都說史郎做的菜辣得不能吃，但我頗喜歡呢。」

「……這樣啊，那我明白啦。」

雖然不知道能否重現爺爺的滋味，不過就以我自己的方式努力嘗試看看吧。

「大老闆！」

就在此時。

千秋先生從後門衝了進來。

「大老闆，院長婆婆找您！」

他的神色顯得有些凝重。而大老闆平心靜氣地回答說：「我也預料到差不多是時候了。」

我不明白到底什麼是時候了，也不懂千秋先生表情中的含意。

但我能感到一股不祥的預感，因為八葉夜行會就要在今晚召開。

「大老闆……」

「嗯，別擔心，葵。不用露出那樣的表情。」

「……」

「應該是要找我談談今後的事吧。依夏葉的個性，不會耽擱太多時間。雖然我也想留下來幫忙做便當……」

大老闆輕輕撫過我的臉頰，我現在的表情想必充滿不安吧。

「葵，我很期待午餐時間喔。我會在十二點鐘聲響起前回來的。」

大老闆在文門狸夏葉院長的召喚下，出發前往鐘塔。

雖然他說不會耽擱太多時間……

「今天就要告訴我全盤事實，也就代表以物易物要到此結束了呢。」

便當交流時間很快樂，所以我感到有些不捨。

「不過我依舊連大老闆愛吃的東西都還不清楚……」

難道是中華料理？搞不好看我遲遲沒發現，所以總算給我一點提示……

不，這也很難說。還是不明白。

畢竟無論我做什麼，大老闆總是津津有味地捧場。

從照燒食火雞便當、五色三明治餐盒，來到了最終回。

食材部分，由於昨天年菜所使用的材料還有剩，我打算把這些都消耗掉。

「爺爺常做的中華料理有乾燒蝦仁、糖醋排骨、八寶菜、青椒肉絲……啊！用芝麻油煎的芙蓉蛋也很好吃呢，絕不能少了這道。還有加黑醋拌炒的炒飯！既然大老闆常吃爺爺做的中華料理，肯定吃過這一道吧……」

好，今日便當就以黑醋炒飯為主食，搭配青椒肉絲、蝦仁芙蓉蛋，以及沒吃完的中式涼拌蟹肉棒小黃瓜。就這麼決定。

於是我出門一趟，跑去山坡下的紅葉超市把缺少的材料買齊。還添購了一些新鮮的玩意兒，這樣一來就能完成滿分的中華料理便當了吧……呵呵呵。

「葵小姐，有什麼需要我幫忙的嗎？」

一回到別墅後，發現阿蝶小姐已靜悄悄地坐在客廳的榻榻米上。

剛才四處尋找大老闆時，明明沒看見她的蹤影……

不知何時理所當然地出現了。

「阿蝶小姐，謝謝。這個嘛，那就拜託妳好了。」

阿蝶小姐的嘴角微微一動，似乎有什麼話要說。

然而她默默站起身，用妖術操控手上的繩子綁起袖子後，走近我的身旁。

請她幫忙把蔬菜削皮的同時，我則開始製作芙蓉蛋。

這道料理所需要的祕密武器就是……

「鏘鏘～～！紅葉超市販售的中華風雞骨高湯味素，這是新推出的條狀調味膏版本！」

「……」

阿蝶小姐依然不發一語地削著蔬菜皮。

我清了清喉嚨之後重新裝沒事。

雞骨高湯如果要自製的話，步驟頗費工夫。

以前在夕顏曾經自己熬過，不過在隱世也找得到現成的高湯粉，所以也會使用這個。我記得這是由文門大地的研究所製造的呢。不過這還是頭一遭發現條狀版本，不愧是新產品。

條狀的調味膏因為使用起來很方便，最近在現世相當普及。

「葵小姐，馬鈴薯和紅蘿蔔切好了。」

「啊，謝謝妳，阿蝶小姐。真是幫了大忙，因為接下來要做的芙蓉蛋剛好需要這兩樣。」

「芙蓉蛋……是現世的蛋類中華料理對吧。」

「沒錯！妳很清楚嘛。該說是中式風格調味的歐姆蛋嗎？」

將蔬菜稍微燙過，先前剩下的水煮蝦以芝麻油炒過，再加入切丁的馬鈴薯、紅蘿蔔還有切碎的香菇末快速拌炒。

將雞蛋打入調理盆內打勻，加入一點點文門研究所研發的雞湯味素，灑上鹽、胡椒之後再次打勻。

取一只小型平底鍋熱鍋後倒入芝麻油，將加了配料的蛋液倒進鍋底，用烹飪筷畫圓攪拌，以小火煎一段時間。

圓圓的蛋皮就像鬆餅一樣，將其翻面後繼續煎一會兒。

迷人的香氣開始瀰漫。這股味道有別於平時做的雞蛋捲，應該是調味料的差異吧。

阿蝶小姐替我準備了大面積的扁盤，於是我將芙蓉蛋起鍋後暫時擱置在上頭。

「這樣就完成了嗎？」

「還沒喔，盛裝便當時還要加一道步驟。先暫時擱著。」

利用餘溫讓中間確實熟透。

「接下來是青椒肉絲！中華料理的王道！其實原本是牛肉才對，但豬肉有剩就用豬肉了。」

「滿隨便的呢。」

「沒差啦，必須把現有的材料消耗掉才行。控管冰箱裡的食材存量，想辦法將所有材料妥善運用完，是做料理時很重要的關鍵喔。」

我試著講得頭頭是道。

不過不浪費任何材料這一點，確實是我做菜時最重視的一件事。畢竟在夕顏有時也會遇到經營比較困難的時候……

好了，該來料理青椒肉絲啦。

用於年菜的水煮竹筍與豬肉都還有剩，青椒則是剛才去山坡下的超市買回來的，就用這些當材料。

首先將竹筍和青椒切成長條狀，豬肉則預先調味過後抹上太白粉。這裡實在不可能弄到中華炒鍋，所以拿大一點的平底鍋熱油後把豬肉下鍋炒散，再下一點薑絲。誘人的香味開始飄盪……

此時再將切好的青椒與竹筍一起下鍋，繼續翻炒。

「這時候就要拿出文門之地製造的蠔油，聽說製造原料的牡蠣是來自南方大地喔。」

隱世原本也有類似蠔油的調味料，不過這個的賣點在於口味很接近現世。連外包裝上都主打這點。

將這個蠔油加上剛才使用的雞骨高湯味素，另外再搭配酒和砂糖一起加進鍋內，一邊翻炒一邊讓配料均勻吃進調味料。

蠔油的香氣總覺得好令我懷念呀。最後用鹽跟胡椒調味過後，便大功告成。嗯，我跟阿蝶小姐一起試了味道，很不賴。

不過於重鹹的調味加上砂糖之後些許偏甜，而且更溫潤了。

「進行得很順利呢。」

「有這種現成調味料真的很方便耶。回去以後也從文門之地這裡訂購好了，而且味道也和現世的產品很接近。」

感覺得出來不愧是費盡心思研發出的產品。

而且還採條狀包裝搭配膏狀質地，這種包裝最近在現世也開始崛起。用多少擠多少的便利設計真是造福人群。

「那麼最後就是黑醋炒飯！」

「炒飯在隱世也算是很普及的料理，不過黑醋口味似乎很少見呢。」

「外觀看起來黑黑的，不過吃起來意外爽口又美味喔。」

我利用冰箱剩餘的絞肉加鹽跟胡椒拌炒過。

洋蔥和剛才做芙蓉蛋時剩下的紅蘿蔔則交給阿蝶小姐切成碎末狀。

把薑和切好的蔬菜丟入炒絞肉的鍋子裡拌炒後，再加入冷飯，與配料翻炒至均勻。

「還沒有要加黑醋嗎？」

「呵呵，很好奇嗎？現在才要下喔。」

阿蝶小姐乖乖抱著黑醋在旁邊待命。我接過瓶子後在鍋邊淋上一圈，再繼續翻炒至入味。

另外還淋了少許醬油，逼出香氣之後便起鍋裝盤。

剛起鍋的炒飯還熱騰騰的，配料極為簡單，只不過顏色有點偏黑。

清爽的醋香挑逗著我的食欲，但這可是要拿來做便當的。

必須趕緊來裝便當才行。

我用切蛋糕的方式將最先完成的芙蓉蛋切成六片，表面再塗上勾芡過的糖醋醬汁。用黑醋炒飯填滿便當盒的一半，再利用原本附的隔層來劃分剩餘空間，以萵苣葉墊底做為容器，塞入滿滿的青椒肉絲。旁邊則疊上兩片塗好糖醋醬的芙蓉蛋，剩餘空間則放入小番茄與中式涼拌小黃瓜蟹肉棒。

「呼……完成。」

最後一次的便當大功告成。

「大老闆……不知道何時才回來呢。」

我已感到情緒高漲。

沒錯，因為把便當交給他，得知一切真相後……

我大概就要向他開口了。

告訴他「我喜歡上你了」。

用手巾包起便當盒之後放入竹籃裡，我開始等待大老闆回來。

一邊凝望著庭園裡綻放的山茶花、水仙，還有隱世獨有的冬季花卉。

這麼說來，不知道是不是大老闆在幫忙照顧的？

他這個人意外地喜歡種花種草呢……

宣告正午時刻來臨的十二點鐘聲，正好在此響起。

「葵，等很久了嗎？」

「啊，大老闆。」

大老闆依照約定時間，回到這座黃金童子大人所擁有的別墅。

我一愣一愣地眨了眨眼，因為大老闆已變回往常的天神屋大老闆之姿。

「大、大老闆，這樣沒問題嗎？你這身造型不會讓全天下都發現你的身分嗎？」

「的確是呢，引來了一些追兵，所以我們快逃吧，葵。」

「咦？」

大老闆單手拿起便當，另一隻手則抓住我的手，說了一句「往這裡」便開始奔馳。

我們穿過後方狹窄的巷弄，跑上像是捷徑的階梯。

「大、大老闆，我們要跑去哪？」

「往這邊喔，帶妳去個不一樣的地方！」

大老闆用純真少年般的笑容回頭望著我。

我也真是的，被那張臉害得胸口一陣揪疼。

他太犯規了。時而成熟像個大人，時而天真宛若少年。

不過，他剛才說有追兵來著……？

「呼……呼……呼……」

被大老闆拉著跑了好久好久。

他一臉泰然自若，我卻喘得上氣不接下氣。

「抱歉啊，葵，時間有點急迫。其實我可以抱著妳跑的。」

「呃，不用了。那樣也很難為情。」

我被帶往的目的地，是孤立於山坡上的一座神社。

長滿苔蘚的狛犬雕像與半毀的石燈籠，以整頓妥善的文門大地景觀來說，似乎有點不太搭調。

「這裡是？」

「祭祀黃金童子大人的神社。在結界的保護下，外人無法輕易侵入。在這裡就能盡情享受葵的便當了。」

「你剛才到底在躲什麼？」

「嗯？為了躲一隻大大的黑山豬。」

「……啊？」

雖然內心湧起一股不安，擔心是否發生了什麼狀況，但大老闆踏上拜殿，理所當然似地一屁股坐下，對我喊著「快來快來」，迫不及待享用便當。

「在神社吃便當不會被罵嗎？」

「沒問題，這裡拜的是黃金童子大人，這神社就像她的茶室一樣。」

「……這倒也是滿令人害怕的。」

我知道黃金童子大人在隱世有著崇高的地位，但對她的真實身分還是一知半解。

先別說這些了，總之先來吃便當，因為還沒吃早餐，這頓變成了早午餐。

「來，按照你的要求做了中華便當。不過，大過年的吃中華料理也挺奇妙的。」

「而且我們連跨年蕎麥麵和新年年糕湯都沒吃到呢。」

「完全沒有過年的感覺耶。」

大老闆打開自己那一份便當的盒蓋，露出心滿意足的笑容。

不知道裡頭是不是有他愛吃的東西，有的話就太好了。

「真懷念啊，這些的確全是史郎常做的中華料理。」

「現在回頭想想，爺爺原本果然是個愛吃辣的人吧。為了我好才刻意教我做符合妖怪口味的清淡偏甜料理，不過唯有中華料理還是貫徹自己的喜好。」

「葵喜歡史郎做的中華料理嗎？」

「嗯嗯，雖然小時候實在覺得辣得吃不太下就是了。不過，今天便當裡的青椒肉絲和芙蓉蛋這兩樣不會辣，所以一直是我的最愛。」

大老闆先嘗了芙蓉蛋。

芝麻油的香氣迷人，蔬菜等配料相當豐富，就像料多味美的中式歐姆蛋。

表面塗上勾芡的糖醋醬，做為配菜也絲毫不遜色。

「嗯！酸酸甜甜的醬汁讓人食欲大開呢。配料也很豐富，這雞蛋捲吃起來相當過癮。」

「我也很愛這道。蛋本身就有調味，所以糖醋醬只要薄塗一層就很夠味了。」

大老闆將黑醋炒飯掃入口中，點頭直呼「就是這個味道」。

「這炒飯的酸勁雖然沒有那麼強烈，不過吃起來很爽口。我第一次被史郎招待這道料理時，還驚訝地心想這黑漆漆的飯到底是什麼東西。」

「畢竟黑色炒飯的視覺衝擊很強烈嘛。」

「青椒肉絲加入切成細條狀的蔬菜，也營造出很新鮮的口感。仔細一看才發現妳用的是昨天剩下的材料呢。」

「是呀，有什麼意見嗎？」

「不過是心想『真不愧是我的賢妻』罷了。」

「……又在說這些得意忘形的鬼話。」

隨後我們彼此都咯咯笑出了聲。

一如往常的對話是如此自在、如此愉快。

大老闆能理所當然地吃著我做的料理、我做的便當，讓我感到一陣欣慰。

未來是否也能理所當然地，共度更多這樣的美好時光呢……

我與大老闆一邊漫無邊際地閒聊，一邊望著幽靜的神社境內景色，慢慢享用了便當。

「好了，既然受葵招待了美味的一餐，現在該來聊聊了。」

「最後的……真相嗎？」

「沒錯。葵，截至今天為止，我應該已經循序漸進地為妳說明關於妳身上的詛咒，以及史郎的故事。那麼妳認為，所謂的『最後的真相』究竟是指什麼？」

「我想應該是……大老闆到底用什麼方式救我，這一點吧。」

「……正是如此。」

大老闆交盤著雙臂，仰頭望向清澈的天空。

他凝視著隱約浮現於正午的一輪白色月亮。

「葵，妳被施下的詛咒原本是無法破除的，我之前說過是常世之王下的詛咒對吧。」

「嗯嗯。」

「我應該也曾告訴過妳，常世長久以來處於人類與妖魔的鬥爭之中，分別經歷過人類與妖魔稱王的時代。現在大陸則分裂成數個國家，統治各國的人類與妖魔互相爭奪世界霸權。與隱世相比，常世的規模來得廣大許多，所以史郎他在過去曾踏上那片土地。」

「為何他要去常世？」

「我想應該是……為了找尋能治好妻子疾病的靈藥吧。」

我先前已得知爺爺的妻子……也就是我的祖母，過去罹患了不治之症。

以結果來說，她生下我的父親之後就去世了。

爺爺似乎沒能見到她最後一面，原來是因為他當時去了常世啊……

「沒錯，結果史郎終究沒找到他渴望的東西。然而，在常世尋找靈藥的期間，他獲得某位常世之王的賞識，對方甚至還說要將女兒許配給他。」

「……咦？對方是妖怪？」

「正是，因為王女對史郎一見傾心，國王得知了愛女的心意之後，便下令要史郎入贅為女婿——即使大家都明白，就算史郎得到下一任國王的繼承資格，依他的本性也不會在一處落地生根。況且史郎此行目的是為了拯救妻子，想當然一口回絕國王的提議，拒絕了女方的心意。然而……這件事也成了禍端。常世的王女因為婚事破局而陷入極度悲傷，一邊下詛咒一邊結束了自己的生命。」

「……」

這番話伴隨著神社境內的寂靜，讓我感到背脊一陣惡寒流竄。

常世的王女，也就是說，她對祖父的愛之深，甚至到不惜了結自己性命的程度？

「常世之王也陷入極度悲傷之中，利用愛女的遺體對史郎施下詛咒。詛咒對象並非史郎本人，而是與他血脈相連的親族。血緣越親近，詛咒的威力就越強。」

「哈！」大老闆發出了帶著嘲諷意味的笑聲，然而又以手掩口陷入沉思，就像重新審視自己。

「對於妖怪來說，太過死心塌地也是一種缺點。」他說完露出苦笑。

「妖怪由愛生恨時的詛咒力量是很可怕的。史郎若能處理得好一點，或許也不會演變至此了，不過當時他也心急如焚吧……回到現世時，妻子已經離世，初生的兒子杏太郎則背負詛咒。史郎也就此孑然一身。」

大老闆就他所知的範圍內，淡淡地陳述給我聽。

「津場木家與他斷絕了關係，眾多子嗣也因為他而遭遇不幸。葵，在妳父親杏太郎死後，史郎拚了命地尋找解除詛咒的方法，然而毫無斬獲。常世的詛咒是在長年戰爭中培育出的技術，也是常世的黑暗面。並非一介人類就能破除的東西。」

我靜靜不語地聽到這，對於祖父身上的詛咒與內情有了大致的了解。雖然有些部分還沒辦法消化。

然而，最想知道的疑問還沒解開。

「那……所以大老闆是用什麼方法……」

用什麼方法找出連爺爺都無解的答案。

用什麼方法解開我的詛咒。

「這個嘛，簡而言之就是……利用刹鬼的特殊體質，就有辦法破解。」

接著大老闆轉身面向我，用平靜的語調告訴我「真相」。

「葵，妳當時所吃的東西，就是我靈力的核心……應該可以這麼解釋吧。」

「……靈力的，核心？大老闆你的……？」

我絲毫無法理解那是什麼意思。

小時候所吃的那個食物白白又圓圓的，同時卻又模糊不清。

我唯一記得的只有「非常美味」，剛聽到靈力核心只覺得充滿困惑。

然而，腦袋漸漸開始理解了。

難道那是，對大老闆而言非常重要的東西……？

「所有妖怪體內都有『靈力核心』，可以說是讓靈力循環全身的心臟中樞。剎鬼的靈力核心有別於其他妖怪，具有吸收邪氣並加以淨化的能力。原因也在於剎鬼本來就是以妖怪為食的鬼，連靈魂也不放過。如果沒有淨化毒素的能力，就無法將那些帶有汙穢的妖怪靈魂攝取至體內。」

然而，注意到剎鬼這種天生體質的，正是過去的侵略者們……現任妖王家以及相關的貴族們。

「隱世中的眾多地區，地底深處都會噴發出大量的邪氣。過去的鬼門之地也是如此。侵略者們企圖支配隱世，將這裡整頓為宜居的土地，所以將剎鬼封印於地底做為吸收邪氣並加以淨化的工具，以抑止邪氣外溢於地表。」

正因如此，極少數解除封印而重見天日的剎鬼，身上都散發出強烈的邪氣，被稱為醜惡的邪鬼。

「葵，還記得之前在南方大地見過的邪鬼吧。那就是剎鬼在地底持續吸收邪氣後，最後淪為不祥的禍患——邪鬼。雖說有淨化能力，但吸收過多邪氣時，無法淨化的部分將會殘留於體內，成為自己的一部分。」

「……那……是……」

現在回想起來，那個邪鬼似乎的確對大老闆說過，他們都是「同類」。

當時我完全聽不懂其中的意思，如今……我明白了。

他們本是同族。

「總之，以上的說明可以讓妳明白剎鬼的『靈力核心』有什麼特徵吧。於是呢，我便有了一個想法。」

大老闆一度閉上雙眼，然後迅速地打開。

「我開始思考，那麼只要透過剎鬼的核心，是否也能吸收葵的詛咒。」

他用在寂靜中迴響的低沉嗓音繼續說下去。

「葵，當妳被關在家裡差點餓死時，所遇見的人……其實只有最初的第一天是我。當時我擔心鬼面具會嚇著妳，所以借了銀次的白色能面。然後在我遇見年幼的妳之後，開始有了想幫助妳的強烈念頭。要顛覆死亡命運，就必須破解詛咒。所以……我懇求黃金童子大人取出我的核心，然後，命令銀次送去妳身邊。」

戴著白色能面的妖怪救了我一命。

銀次先生曾告訴我，面具底下其實有兩個不同的人。

現在終於知道，選擇戴著南方大地白色能面的理由。

而且還明白另一個事實。

「我、我吃掉的是……大老闆的……靈力核心是嗎？你說那是……心臟……那……不就等同於性命……」

內心感到無比動搖，就連一句話也無法好好組織。

更喪失了繼續把話說完的勇氣。

龐大的恐懼感從腳底竄起，將我吞沒。

就像被烏雲覆蓋的明月。

我用顫抖的雙手掩上自己的臉頰，垂低了頭。

思緒一片混亂，沒弄清楚的問題還有很多。

即使如此，目前我也能明白一件事，那就是靈力對妖怪而言，等同於性命。

如果我吃掉了負責產出靈力並輸往全身的「核心」，那現在的大老闆又是依靠什麼來延續他的生命？

「大老闆……你身體沒事嗎？你的靈力核心被我吃掉了，這代表你……」

「葵，冷靜點。沒事的。」

大老闆挨近我，安撫著我顫抖的肩膀。

「我的身體依靠黃金童子大人的力量來定期調整，所以沒事的。這裡裝著取代靈力核心的替代品，也就是所謂的『代核』。」

大老闆若無其事地指著自己的胸膛。

「我的幻化姿態被雷獸那傢伙強制卸除，當時的衝擊讓代核產生了裂痕，所以我才一時之間陷入無法動彈的狀態。就只是如此罷了。」

「可、可是……」

他看我一臉鐵青，又為難地笑了。

「別露出那樣的表情，葵。是我自己決定這麼做的，妳不需要為此過意不去。」

「可是……可是……」

然而我還是搖了搖頭。

我無法不去想，他為了解除我的詛咒，讓自己背負了多大的風險。

大老闆凝視了我一會兒，等待我心情平復下來。

然後——

「我已料想到，若把這些告訴妳，妳大概會對我感到歉疚吧。所以我其實並不想說，畢竟這會對我造成不利。」

「……不利？」

「不利於娶妳為妻這件事。」

「……」

「得知這件事後，妳也許會出於感恩與懺悔之意，說出喜歡我、決定嫁我為妻。縱使妳不是真心的。」

「哪、哪會……這……」

不過，我的確將一番心意藏在心裡，打算在得知一切真相之後告訴他。

告訴他「我喜歡上你了」。

然而如今……這句話似乎無法傳達給他了。

現在要是說出口，他也許會露出悲傷的笑容。

他也許會解讀成，我的喜歡只是出於感謝與懺悔——

「總算找到你囉，天神屋的大老闆。」

就在此時。

周遭的風向突然一變。

伴隨著登上石階的沉重腳步聲，現身於神社境內的，是一位身穿黑色鎧甲的魁梧男子。高大的身材讓我需要仰望才能看清他。

這個來自妖都的士兵，頭上戴著仿照山豬獠牙造型的頭盔。

「黑亥將軍……」

大老闆似乎認識對方。

將軍……原來如此，所以他是效命於妖王的三大將軍其中之一嗎？

其他身穿黑色盔甲的直屬士兵們也踏著粗魯的步伐闖入境內，手持大刀將我們包圍。

「好久不見了啊，亥。」

大老闆露出從容自若的微笑，和對方打招呼。

這位被稱為亥的將軍也露出一言難盡的表情，然後咯哈哈地豪爽大笑。

「我都成了這樣的老頭子了，你還真是一點都沒老啊。不過抱歉啦，陣八。我必須逮捕違逆妖王命令的叛亂分子。這段時間你似乎在那群文門狸的協助下藏匿，不過身為院長的夏葉翻臉不認人，也就是說你被她出賣了。」

黑亥將軍將刀鋒朝向大老闆。

被出賣是怎麼回事？院長大人向妖都通報大老闆的行蹤嗎？

大老闆沒有打算回嘴，一語不發地緩緩站起身。

他鎮定得就像早已預知這樣的狀況……

正因為如此，才讓我心中頓時充滿不安。

因為他背對著我走下了社殿，主動朝著妖都士兵的方向走去。

「大、大……老闆……」

我站起身向大老闆伸出手，此時——

「妳也過來！雷獸大人下令要活捉津場木葵。」

「？」

其中一名士兵揪住了我，粗暴地將我從社殿拉下來。

然而，大老闆察覺到之後開口。

「喂。」

他轉過身，用帶著深紅光芒的銳利眼神瞪向那名士兵。

「不許對葵動手，我一個人去就行了吧。」

低沉的嗓音中充滿與大妖怪身分相稱的冷酷殺氣。

士兵倒抽一口氣後鬆開手，全身像是被五花大綁般動彈不得。

黑亥將軍用充滿磁性的低沉聲調向周遭的士兵下令。

「那個人類姑娘不用帶走，目前最優先的捉拿對象是天神屋大老闆。」

「可是，黑亥將軍……」

「一切我說了算。趁陣八現在還願意老實配合，快點回去了。」

士兵們謹遵黑亥將軍的命令，從我身邊離去。被逮捕的大老闆眼神也恢復冷靜。

然後大老闆用平日般的態度對我說：

「葵，那我去去就回。為了守護自己的尊嚴、立足之地，以及有妳與天神屋上下共同陪伴的未來，我將前往我的戰場。」

他的笑容充滿慈愛，絲毫沒有身為鬼的架勢。

一度向我流露出那般神聖尊貴的神情後，他便換上嚴峻的表情，彷彿已有所覺悟般地面向前方，也就是轉身背對我。

大老闆被黑亥將軍銬上刻有類似咒語符號的手銬，就這樣被帶離神社境內。

「等……」

「啊，對了對了。」

在我試圖喊住大老闆的同時，他突然停下腳步，似乎想起什麼事。

「葵，話說我還沒告訴妳，我最愛吃的食物對吧。」

接著他一個轉身，微笑著對我說。

「就是每次享用妳替我做的便當時，第一口先吃的東西。」

「……咦？」

我突然聯想起某個食物，瞪大了眼睛。

一得知答案後才懊悔怎麼從未發現，對於太遲鈍的自己感到愕然，無言以對。

大老闆看著這樣的我，發出惡作劇般的咯咯笑聲，隨後跟著黑亥將軍走遠，再也沒回過頭來了。

我這才猛然回神。

「大老闆、大老闆，等等……別走，我還有話……想告訴你！」

我再次伸出手。

我還沒向他做出任何表示。

他要離開了，大老闆要被帶走了。

「等……等等！」

我用盡全力邁開不聽使喚的雙腳奔上前，卻被妖都的士兵阻擋去路。

從這群攔下我的黑甲士兵群的縫隙中，我直直望著大老闆的背影。

即使伸出手，也無法觸及。

追遍天涯海角卻仍見不到你的那種心情，我不想再嘗第二次，然而這一次我又要目送這道背影離去嗎？

「大老闆！」

我喜歡你，喜歡你。

最想告訴你的這句話，卻無法說出口。

明明被你救了一命，明明害你不惜燃燒生命，卻還是一無所知地再三拒絕溫柔的你，我真是個愚蠢的丫頭。

然而，這樣的我如今卻喜歡上你。

想要待在你的身旁……

一想到這份心意也許無法得到你的信任，就令我的內心與雙腳都不禁卻步。

「對不起……對不起，大老闆。」

何等愚昧的我。

只能獨自哭著伏跪在地，對於什麼也無法傳達、無能為力的自己感到羞恥與懊悔。

妖都士兵已全數撤離，只剩我獨留原地。

大老闆也被帶走了，他離開了。

「葵，妳何必如此傷心？」

一陣聲音傳來。如銀鈴般清脆的少女說著，同時又帶著凜然的威嚴。

我抬起哭泣的臉龐，回頭望向拜殿的方向。在社殿前發現被金色亮粉圍繞的女童。

「黃金童子大人……」

然後我朝她垂下頭。

「原來，我什麼都不知道。」

「這也是當然的吧。那孩子什麼也不說，因為本來不希望妳知道吧。」

黃金童子大人以平淡的聲調說道。她這番話並沒有指責我的意思，卻直直刺上我的心頭。

「那為何事到如今又告訴我真相？大老闆是否不打算回到天神屋了……」

「誰知道呢？那孩子心裡在想什麼，連我也無法說個準。」

「可是，我聽說是您撫養大老闆長大的。既然如此，為何要做出那種事情，將他靈力的核心取出體外？從您的立場來看，我這種人……是生是死都無所謂吧？相較之下，消耗他的生命對您來說才更痛苦吧。」

因為您像母親一般慈愛地養育他，從旁守護他至今。

「……是呀，所以起初總覺得有點怨恨妳。」

黃金童子大人呵地一聲露出諷刺的笑容，閉上眼睛。

金色睫毛在微風吹拂下閃爍著亮粉，在她的雙頰烙下陰影。

她緩緩張開眼皮，帶著一絲寂寞似地蹲下身子，輕撫地面綻開的小花。

「即使如此，那孩子依然希望證明身為汙穢邪鬼的自己，也有能力去守護一個生命。他一直很渴望，渴望一個願意接納自己的獨一無二存在，渴望僅屬於自己的至愛。即使是個脆弱得虛無縹緲，一觸碰就會凋零的存在。」

接著她站起身，已重新挺直背脊，回到往常充滿威嚴的口氣。她俯視著依然無力坐在地上流淚的我，吩咐我：「起立。」

我無法違逆這句具有強制力量的命令，勉強移動著無力的身體。

她那對紫水晶般的瞳眸，緊緊抓著我不放。

「葵，那孩子還有最後一個『真相』沒能告訴妳。」

「那難道是……大老闆的本名嗎？」

「沒錯，他早已將真名封印在遙遠的往昔裡，這個真相必須由妳親自去開啟。來，拿出鑰匙。」

「……鑰匙。」

我緩緩瞪大眼睛。對耶，我有一把黑色鑰匙。

掏出掛在胸前的鑰匙，我想起以前大老闆對我說過的話。

如果想知道真相，就去尋找這把鑰匙能開啟的東西……他是這麼告訴我的。

「葵，那鑰匙能解開大老闆封印起來的真相。他的過去、心情、甚至連他的名字，都被封印在可用這把鑰匙通往的某處。」

黃金童子大人淡然地回答。

她的話語就像一滴水，滴落在平靜無波的池水。

波紋盪漾，讓我的心也隨之泛起了漣漪。

「葵，其實妳曾經去過『那些地方』幾次，比方說……」

我循著黃金童子大人的視線望去。

結果發現社殿深處有一扇綁著注連繩的小型門扉，上頭的鎖孔散發異樣的存在感。

黃金童子大人什麼也沒說，但我卻跟隨直覺走上拜殿，靠近那扇門，將鑰匙插入鎖孔。

轉動鑰匙後，門靜悄悄地敞開。

另一端出現了似曾相似的光景。

是以前我在天神屋地底時誤闖入的一間雅緻洋房。

「這裡究竟是什麼地方？」

「這裡是過去我跟大老闆所隱居的住處裡，用來當客廳的空間。能在這個隱世完全消聲匿跡的一個空間，不過只要有鑰匙在手，從哪裡都進得來。」

房裡擺放著古董家具，隨處可見無數的照片被放進各種形狀的立式與掛式相框中擺飾，為房內點綴出各種色彩。

有天神屋員工的團體照、爺爺年輕時的照片，然後還有大老闆與黃金童子大人……

「咦。這張畫……以前就有了嗎？」

不，也許只是我之前沒特別注意到罷了。

我發現一幅黑髮少年的畫。

這並不是照片，而是油畫畫作，所以一直被我當成房內的裝潢擺飾。

旁邊還畫有一位神似黃金童子大人的少女，不過髮型有別於現在的妹妹頭，而是及腰的長髮。兩人的感覺就像是一對年幼的姐弟……

黑髮男孩十分纖瘦，一對銳利的紅色眼睛從長瀏海的縫隙間露出，甚至讓我感到熟悉。

「這是……大老闆嗎？」

「是呀。在解除他的封印沒多久後，請人幫忙畫的。他長久以來被封印於地底深處的石洞中，甚至退化為孩童的姿態，有著一對彷彿已心死的空洞眼神。因為有整整五百年的漫長歲月，他都待在那又黑又冷且充滿孤獨的空間裡，只能持續吸收邪氣，活得痛苦又煎熬。」

「……」

「那孩子也許聲稱已喪失被封印時的記憶，其實是騙人的。他在被封印的期間就先甦醒過來了，所以比誰都明白那種被禁錮於黑暗中的恐懼。」

「咦……」

我環抱住自己顫抖的身體。

緊緊咬住臼齒，我告訴自己絕不能哭。

現在還不行，因為我還未得知所有真相。

「來，打開下一扇門看看吧，葵。」

黃金童子大人伸出纖細的手指，指向就在旁邊的牆壁。她的視線從未離開我。

牆上有一道西式門扉，乍看之下似乎能通往隔壁的房間。

但是我很清楚，門的另一側將連接到完全不同的空間。

我做好心理準備後扶上門把，發現果不其然上了鎖，於是拿出黑色鑰匙插入。

喀嚓……轉動時發出的聲響，感覺比剛才更沉重了。

打開門一看。

「唔……」

刺眼的陽光讓我下意識緊閉起雙眼。

緩緩睜開眼睛，發現這裡是個四四方方的空間，周圍被高牆包圍。

在這個開滿野花的靜謐空間，正中央立著一座半圓形的黑石碑，材質與這把鑰匙相同。

「這裡……我在妖都時曾不小心誤入過。」

當初就是在這裡，我覺得自己遇見了邪鬼姿態的大老闆……

「沒錯，這墓碑所悼念的，是被全隱世所遺忘的先烈。是那孩子的祖先的葬身之處。在爭奪隱世霸權的戰役中敗北，被遺忘的剎鬼一族……最後一任族長正長眠於此。」

黃金童子閉上眼睛，彷彿哀悼著故人所留下的悔恨。

她也許認識這位族長吧。

「葵，妳之前曾在這裡見過那孩子的真面目吧。那正是被封印於地底持續吸收邪氣而成的『邪鬼』。他藉由隱姓埋名、以及學習隱藏邪鬼身分的幻化之術，才成為現在妳認識的那個大老闆。然而，在幻化的外貌一被拆穿之後，就會變回那副駭人的模樣。」

「……」

「不過，以大老闆的狀況來說，由於他沒有靈力核心，所以妳當時所見到的，只不過是殘留於他體內的邪氣化身罷了……那股邪氣也將逐漸耗盡，雖然速度很慢。」

「是……這樣嗎？」

耗盡的意思，也就代表會完全消失囉？如此心想的我稍稍鬆了一口氣。

但是黃金童子大人搖了搖頭，宛如提醒我現在放心還太早了。

「然而，不可否認的是，那股邪氣同時也是供給他靈力的來源。我裝置在他體內的替代核心，也是仰賴邪氣來運作的。邪氣雖然對身體也有害，但是耗盡的那一天，大老闆也將喪命。他目前能維持的壽命，頂多百年吧。」

「頂多……百年？」

以大妖怪來說，實在太短了。

大老闆先前也曾笑著告訴院長大人，自己也並非長生不老……也許他已經接受了自己的死期吧。

都是為了救我，才讓他折了那麼多的壽命。

我緊緊按住自己的胸口，內心受到滿溢而出的罪惡感苛責。

「不過啊，葵。妳能讓大老闆的壽命延長不少時間，妳的能力蘊藏著這種可能性。」

「我的能力？」

「沒錯。因為妳的料理能恢復靈力——提高食材內含的靈力，並幫助妖怪有效吸收。」

黃金童子大人的這番話，讓我感覺自己看到了一盞充滿希望的微弱火光。

「也就是說，我可以利用從他那裡獲得的餘生，持續回報他……對嗎？」

這是我唯一能辦到，同時也是只有我才能辦到的事。

「不過，若要選擇這條路，妳也勢必需要做好一定的覺悟。妳的料理是一種術式，透過得知對象的名字，更能明確發揮效果。所以我希望妳能打開下一扇門，找出那孩子遺棄在過去的『真名』。」

不知何時開始，黃金童子大人的手上多了一把天狗圓扇。

那是我從天狗松葉大人那邊得到的東西，過去被擄到折尾屋時被她拿走了。

她將圓扇遞向我，我自然而然地接下。

「接下來我無法陪妳同行了。」

然後她緊挨著半圓形的黑墓碑，停留在原地。

下一扇門已經出現。

就靜靜佇立於我視野右側的高壁下方。

紅黑色的巨大門扉上貼著符咒……充滿不祥氣息。

一陣恐懼感向我襲來，全身毛孔開始直冒冷汗。

「那個……黃金童子大人，請問……您之於邪鬼……剎鬼一族，是什麼樣的身分？」

開啟門扉之前，我開口問她。

「我過去曾承諾保佑他們一族的興盛，卻沒能遵守約定，如今……我只不過像是個守墓人。」

黃金童子大人低聲細喃著，彷彿在念什麼咒語一般。然而她輕聲對我道出的這番話，確確實實傳達到了。

「出發吧，葵……去拯救那孩子。」

在她的催促下，我輕輕打開門鎖，繼續向前。

我做好心理準備，舉足踏入下一道門。

「啊……！」

門的另一端散發著有別於剛才的氣氛。

一股猛烈的熱氣率先包圍我，讓我難以呼吸。

腳下窒礙難行，連這裡是哪都搞不清楚。

而我依然用雙手摸索前進方向，走在被紅黑迷霧包圍的荒野中。

紅霧逐漸散去，接著我到了一片昏暗的空間。

「……這裡是？」

氣溫並不低，我卻無法克制地全身打顫。於是我環抱住自己的身體，掃視周遭一圈。

這裡似乎是個不見天日的洞窟，微溫的紅色溫泉水從腳邊湧出，散發淡淡光芒。

簡直就像天神屋裡一種名為朱泉的溫泉。

洞窟的正中央有一塊蛋形的岩洞，上頭有一道裂痕。我發現裂痕前出現嬌小的身影。

「呼喚我的是你嗎？要我把你從這裡放出來。」

「……放我出去，求求妳，放我出去。」

「我已經這麼做了啊……這裡是岩洞之外了，我破壞了岩洞，把你拉出來。」

「我不要待在這，我再也不想待在這種地方了。」

「我明白。如此淒慘的模樣，身體都被邪氣侵蝕了……好了，不用再哭泣了。我會帶你離開這裡，讓你重見天日。」

是黃金童子大人與一名年幼的孩子。

她的外貌仍然像個小女孩，而另一名黑髮小鬼看起來年紀更輕。

瘦弱的他全身被黑霧圍繞，這模樣無疑正是邪鬼……我立刻就明白這孩子是大老闆。

這大概是他與黃金童子大人相遇的記憶片段。

黃金童子大人用她嬌小的身軀背著幼小的邪鬼之子，從深度及膝的朱泉之中緩緩往陸地移動。

「肚子……好餓，我已經好久好久沒有吃東西了。但是寒冷與痛苦卻不斷侵入我的身體裡，等著我的只有永遠無法吞噬殆盡的黑暗。」

「等回到地面上，你再也不需要吸收邪氣了，取而代之的是享受各種美味的食物……啊啊，話說我身上有帶點心。」

黃金童子大人從懷裡拿出類似金鍔燒或銅鑼燒的點心。

小鬼看見之後，馬上一把搶過來狼吞虎嚥。

「現在手邊只有這個，晚點再讓你吃好吃的。你喜歡吃什麼？」

小鬼停下動作，低著頭喃喃吐出「雞蛋」兩字。

「哦？雞蛋。」

「在現世有這樣的傳說，只要把雞蛋煮來吃、煎來吃，死後就會下地獄受火烤之刑，遭受同樣的對待。但那是人類的傳說，我和其他同族的朋友以前常常吃雞蛋。不過這裡的確宛如地獄，我果然受到報應了吧。」

「哈哈哈！現世的書籍中的確有這樣的傳說呢。記得是《日本靈異記》吧？不過，既然你是鬼，應該沒關係吧。況且時代也早就變了，現在人類也會吃雞蛋。等會兒我去拿新鮮的雞蛋請人料理吧。」

黃金童子大人得知對方愛吃的食物後，露出滿意的微笑。

在大老闆吃完點心後，她伸手輕撫他的臉頰，與他四目相交。

「你叫什麼名字？」

「我？我的名字……叫做——〇。」

小鬼開口回答，但我卻沒聽清楚他的名字。

「不過從久遠以前，我就被禁止向任何人提起這個名字。雖然我已經不記得是誰的命令。」

「……這樣啊。」

黃金童子大人落寞地笑了，聽起來宛如一聲嘆息。

「那不然，這名字就當成你我之間的祕密，今後也必須絕口不提。只要隱姓埋名，你身為邪鬼的事也能躲過世上的注意。我會教你如何使用妖術隱藏身分……別擔心，我會賦與你一個能立足的世界，〇。所以你絕不能失去希望。」

場景突然變了。

目前所在地與剛才地獄般的場景截然不同，我身處於某棟洋館內的一房，室內擺設各種古董家具。

黃金童子大人與打扮整齊的小鬼正拿著西式茶杯喝茶。

那孩子正是先前從地下岩洞中被救出的大老闆。他已學會用妖術掩蓋邪鬼所散發的邪氣，將外表幻化為一般的鬼族。

「對了，我打算在未來某一天讓你擔任大老闆一職，接管我所創立的天神屋。」

「……大老闆？」

「就是經營旅館的老闆。」

「可是，老闆不是黃金童子大人您嗎？」

「我是女老闆。不過，在你長大成人以前，我也許必須身兼二職就是了。」

「我……要經營旅館嗎？」

小鬼放下茶杯，表情似乎缺乏自信。

黃金童子看著這樣的他，微微笑出聲。

「所謂的旅館是讓客人療癒身心的場所。如果你想有所改變，就試著盡全力治癒他人吧。這也許需要花上許多時間，可能是一百年，也可能五百年……但是在這裡得到解脫的客人，想必會願意再度前來吧。旅館是一個得到全新體驗的休憩場所，同時也是一個永遠能回來尋求慰藉的……避風港，畢竟妖怪都很長壽啊。而你必須打造出一個這樣的歸宿。」

「我要打造出……治癒他人的避風港。」

小鬼抬起臉，紅色眼眸中閃爍的光芒，充滿對未來的希望與不安。

「我辦得到嗎？被眾人厭惡的我。」

「在這片鬼門之地，肯定只有你辦得到。先召集同伴吧，找到一群能共同追逐理想的戰友。」

於是大老闆網羅了前妖都官員白夜先生、前研究人員砂樂博士，來到天神屋這間剛起步的旅館工作。

他們倆於年幼小鬼正式就任以前，就喊他為「大老闆」，想必一路以來擔任從旁守護的角色，看著他成長到足以一肩扛起這個身分吧。

就我所窺見的這些零碎記憶片段，讓我感覺黃金童子大人就像偉大的母親，白夜先生像嚴格耿直的父親，砂樂博士則像全心寵溺大老闆的祖父。

在三人的養育下，大老闆逐漸成長茁壯。

邁入青年後，變得意氣風發又俊俏的他來到文門之地就讀大學，在這裡遇見現任校長夏葉小姐與現任八葉石榴小姐。另外好像還有一位留著刺蝟頭髮型的魁梧青年，和這三人編入了同一小組，難不成……那個人就是黑亥將軍？

如果那位青年真是黑亥將軍，那也可以理解先前大老闆被帶走時，兩人交談的口吻為何宛若舊識了。

大老闆與同窗好友們，此時還保留著一絲稚氣……

當時的他們是否已經知道，未來將以八葉與將軍的立場分道揚鑣，並在互相牽制的同時，為了各自所重視的東西而演變成策略鬥智的關係呢……？

「白夜，我這身打扮不會太囂張了嗎？」

「你身為大老闆，囂張一點剛好。」

經歷了孩提與青年時期，小鬼長大成人，成為天神屋的「大老闆」。

此時的他總覺得跟現在已相當神似，無論是容貌、打扮，還是氛圍。

「呵呵，陣八穿成這樣，害我都要失笑了。」

「石榴……說好了不在天神屋這樣喊我的。」

大學時代的同窗好友石榴小姐受大老闆邀請，來到天神屋工作，似乎正是此時的事。她的造型很接近現在的我，身穿和服並且綁著束袖帶。

當時的她相當有女人味，個性卻又直爽乾脆，總是面帶笑容。

我所不認識的大老闆，以及當時還年輕的天神屋員工們。

在過去舉步維艱的時期，這間小旅館的規模無法與今日相比，卻有自在舒適的居家氣氛。

經歷過同甘共苦時代的他們，讓我羨慕不已。

即使後來黃金童子大人與石榴小姐離開，如今只剩白夜先生跟砂樂博士。

場景又再一次轉換。

來到了強風吹拂的春天。

「津場木史郎？這就是你的名字？」

「沒錯，你是天神屋那家旅館的大老闆對吧。果然正如現世妖怪所說，是個囂張跋扈的鬼呢。」

這裡是空中飛船上的大老闆專用休息室。大剌剌睡在這的人類少年，讓大老闆與其他天神屋的妖怪們都看傻了眼。

這位少年正是年輕時的津場木史郎。

「哇哈哈哈哈！」

穿著硬派青年風格學生服的他，一個轉身就踩著高木屐奔出了房外，同時伴隨著響亮得驚人的大笑聲。接著他登上飛船甲板，看著眼前屬於妖怪的世界散發出不同於現世的妖氣，難掩興奮地大喊。

「好壯觀～這裡就是隱世啊～～！」

「人類小子，你知道隱世嗎？」

大老闆從津場木史郎身後開口質問，冰冷的眼神仍充滿試探。

「算是吧。我跟現世的妖怪請教前往隱世的祕技，沒想到還有跟著來自隱世的妖怪偷搭便船回去這一招啊。這樣的確就一毛錢都不用花了呢。」

「你在悠悠哉哉什麼。這裡是妖怪的世界，你這種人類馬上就會被抓去吃掉了……這次我就放你一馬，快給我回去現世。」

「你說什麼啊，天神屋的大老闆。未知的世界就在眼前，哪個男人能不心動？哪個男人能不踏上冒險？我一直覺得自己不屬於現世，在這裡也許我能闖出一片天。」

津場木史郎年少輕狂的發言讓大老闆一時失語，結果一會兒不知怎麼地，開始捧腹大笑。

「呵呵！啊哈哈哈哈！真沒想到能親耳聽見這種蠢到家的大話。不過莫名感到懷念呢，讓我回想起早已遺忘的少年情懷。」

我沒錯過他說著「懷念」時所露出的那一瞬間的表情。

大老闆又再度流露出溫柔的神情，彷彿自己過去年少時也曾作過一樣的冒險夢。

「今晚啊～我沒地方可以落腳耶。你既然開旅館，讓我借宿一晚吧。」

「真是厚臉皮的人類啊，你身上有錢嗎？」

「我才沒有那種東西。我是所謂的食客！食客不但能免費有個睡覺的地方，每天的食衣住行也受到保障，交換條件就是我會護衛你的安全。別看我這樣，跟妖怪交手我可是所向無敵。」

「……」

大老闆露出傻眼的表情，臉上彷彿寫著：「這個無可救藥的蠢蛋，毫無根據的滿滿信心究竟是哪來的……」

總覺得好丟臉，對不起。

「這種工作交給我的密探就夠了。人類之子啊，在通往現世的石門下回開啟以前，我就好心讓你留宿天神屋。等石門一開放，馬上給我回去原本世界。否則我就吃了你。」

「哦？口氣這麼大真的好嗎～？我在現世一路跟蹤你，目睹了一切喔。看你在現世吃遍山珍海味，還在淺草接受招待，收下了神祕的點心禮盒喔！你也不是什麼好貨色嘛。」

史朗用手肘頂了頂大老闆，實在有夠沒大沒小。

然而大老闆仍一臉正經。

「……實際上我就是個大人物，接受招待是理所當然的。而且那個點心禮盒裝的真的只是點心罷了，不是行賄。」

「啊啊啊，見笑轉生氣了！喂～天神屋的員工快來看喔，這裡有個黑心商人喔！」

「我本來就是鬼，心黑一點也能被允許的。」

「咦咦～什麼歪理～」

「說起來，我身為一個鬼都覺得自己太認真老實了，而且還比你強大。不然要來較量一下嗎？」

「噢！好耶。來呀來呀！」

大老闆應該是為了讓他死心才說出這番玩笑話，結果津場木史郎，也就是我們家的那位爺爺卻興致勃勃。

明明只是個毛頭小子卻臭屁地交盤起雙臂，放聲大笑的囂張程度令人傻眼。

啊……爺爺啊……就這樣，兩人鬧哄哄地大戰一番之後，由具有主場優勢的大老闆取勝。但兩人也並非殺紅了眼，最後還握手言和。

這是怎樣，是哪門子的運動還是競技？

然而爺爺那張發自內心的開懷笑容，似乎也讓大老闆感到困惑，應該說快被他搞瘋了。

最後爺爺在天神屋的客房內讓大老闆幫忙包紮擦傷，順便娓娓道來。

「桃太郎、金太郎、一寸法師……消滅惡鬼當然是英雄的工作！但我討厭這種自詡為英雄，裝腔作勢一族所採取的做法。故事中的英雄在最後當然要金銀財寶滿載而歸，還娶到美嬌娘，受到眾人的崇拜，才是完美的結局。但是現在這個時代，幾乎沒人對於我們的工作心懷感激，願意出高價的那些傢伙都不是什麼正經貨色。要我們驅魔師做牛做馬，簡直不把我們當人來看待。」

「因為討厭這種工作……這種使命，所以才逃來隱世嗎？」

「啊啊，是呀。要弄髒雙手的苦差事我可不幹，我只做有好處可撈的工作。況且，比起為了守護人類而戰，跟妖怪玩玩還比較多樂子，比方說來給人家包紮受傷的手，順便在這種高級旅館住免錢～泡個藥浴～」

「你……跟我一決勝負的目的，難道就是看準了這些？」

「誰知道呢～」

津場木史郎坐立難安地期待著美食送來客房，順便打量著美麗的女服務員們。

大老闆徹底看傻了眼，伸出長長的鬼爪搔著額頭問：

「身為妖怪的我操這種心也許很奇怪，不過，你一聲不吭消失，現世的家人都不會擔心？」

「誰知道呢～也許會吧，但我無所謂。」

「你討厭家人嗎？」

「不討厭，但我跟他們在乎的東西不一樣。如果能扼殺自我，專心完成驅魔工作，也是一種人生，但我不是這種人。是人是妖對我來說無所謂，遇到喜歡的傢伙就說喜歡，遇到討厭的傢伙就痛扁一頓，我只想像這樣活得痛快一點。」

「總有一天會換你被痛扁一頓。」

「這也常發生，到處跟女孩子約會，自然到處被發現劈腿而挨揍～」

「……」

「是說你也半斤八兩吧，天神屋的大老闆，長得一副就是會欺騙女人感情的臉。」

「我才不會幹那種騙人勾當。做生意最講求的是誠信，別拿我跟你相提並論。」

「啊、哈、哈！畢竟妖怪的確很專情啦～真搞不懂你呀。對於像浮萍般無法扎根的我來說，完全無法理解你的思考模式啊。」

津場木史郎，我的爺爺，個性從這時開始就沒變過。

自由不羈，做任何事都有自己的一套歪理，隨著風走一步算一步。

大老闆最初似乎把爺爺當成蠢小鬼，後來漸漸被對方的步調牽著走，回過神時已被爺爺玩弄於股掌，兩人在隱世也成為風靡一時的黃金拍檔。

○

我一路追尋著大老闆的成長經歷，簡直就像看完一部電影。

其中也得知他和爺爺初相識的過程。

好在意接下來的發展。大老闆到底跟爺爺立下了什麼約定，又為什麼跑來救我？我還想繼續看完下一幕，但是……

放我出去……讓我從這裡出去……

身後傳來大老闆的聲音。

剛才在我面前播映著，類似大老闆的人生跑馬燈的那部影片，在一陣沙暴之中消失。

回過頭一看，果然出現一道門。

被貼上符咒封印起來，無比沉重的門。

一模一樣。跟剛才與黃金童子大人告別後踏入的門扉一樣。

一陣屏息過後，我拿起鑰匙開啟。

……紅色的朱泉正中央，有一座帶有裂痕的黑色岩洞。

果然沒錯，是大老闆久遠以前被封印的地方。

為何再次出現在這裡？大老闆明明早已從這裡解脫了。

「放我出去……讓我離開這裡。」

「大老闆……！」

我穿過微溫的紅色朱泉，跑向那座岩洞。

然而我沒有能力破壞這些石頭，我不像黃金童子大人一樣，擁有那種力量。

往細微的裂縫裡窺探，發現一位邪鬼無力地癱坐在後方最黑暗的空間。全身衣衫襤褸的他有一頭長髮，整個人很消瘦，全身散發出不祥的邪氣。

那並非小鬼時期的他，那副模樣……肯定是現今的大老闆所擁有的真實樣貌。

「我不想待在這，我再也不想留在這種地方……我想回去……天神屋。」
「……我明白，我會想辦法把你從這裡救出去。」
我想解救他，想帶著他回去天神屋。
見到大老闆被囚禁在這種地方，我怎能忍受得了。
然而——
「……救我出去？就憑妳一個人類？妳不害怕我這副模樣？」
他用冰冷語調說出口的話就像違心之論，彷彿已放棄了什麼。
大老闆的反應出乎我預料，他不屑地嗤笑著。
「很醜陋、很駭人吧？這才是真實的我，光是看著我就覺得毛骨悚然，要被吞沒於黑暗中了。就算回到天神屋，我也沒有立足之地了……就連妳，也不會願意當我的新娘了吧。」
「才、才沒有這種事……！」
我用力敲打岩洞的外壁，搖頭否認。
「不是這樣，才不是這樣。大老闆，我什麼都還沒告訴你。我的心意，都還沒傳達給你！」
「那麼，難道妳要說願意嫁給這樣的我？這是報恩？還是同情？」
不是，都不是，大老闆。
「但是，最初先開口的可是妳唷，葵。」
「……咦？」

什麼？我先開口？

「肚子……餓了，已經餓了好久好久。」

「那我做飯給你吃，熱騰騰的飯菜唷。便當也好，你最愛的『雞蛋捲』也好，每天都做給你吃！我的料理能幫助妖怪恢復靈力，我也會讓你馬上恢復精神的。我會努力讓自己擁有滿足你的力量！」

所以快點出來吧。

為何又被囚禁在那片黑暗中？

我將手穿過細細的裂縫，伸往他的方向。

「跟我一起回天神屋吧，大老闆，快抓住我的手。」

我想帶你離開這裡。

就像過去，你把我從類似的處境中救出來那樣。

為此所需要的關鍵，為了將內心的情感傳達給你，還少了最重要的東西。

那就是……

「沒辦法的，葵。妳連我的真名都還不知道，不是嗎？」

「……」

大老闆掩蓋在長瀏海下的深紅色眼眸，從髮絲縫隙中閃著曖曖的光芒。他就只是凝望著我伸出的手。

「我註定會被妖王再次封印於這地底的黑暗中，屆時妳就能忘卻這一切了。無論是那些約定，還是跟我一同度過的時光，一切的一切都不需再想起了。我不會娶妳為妻的……妳已經自由了。」

接著，眼前的邪鬼沒有握住我的手，只是留下一張類似折起來的紙片，便消失在深深的黑暗中。

這是什麼？這……是誓約書。

過去爺爺承諾將我許配給大老闆時，所立下的誓約書。

但是上頭已經留下印記。

「在此以天神屋大老闆之名，解除此婚約。」

沒錯。這整齊字跡出自大老闆，至今已看過許多次。

獨留在結尾處，充滿孤寂的單單一個字是——

「剎」

屬於他的「真名」。

手中緊握著已失去意義的誓約書，我邊哭邊走在難以行走的黑暗隧道中。

遠方能隱約見到明亮的盡頭，我朝著一扇靜悄悄佇立在那裡的白色門扉前進，在乾燥沙地上留下一個個沾濕的腳印。我就只是帶著濕透的腳步聲一直走著。

感覺自己走了好久好久。

大老闆。

不對，是剎。原來你的名字叫剎。

你繼承了一族之名，然後將其塵封在過去對吧……

對不起，目前的我還沒辦法帶你離開那個地方。

對不起，我無能為力。

那肯定是大老闆藏在心底的糾葛與黑暗所造就出的牢籠，為了封存起來而上鎖的祕密。

平常總是不讓任何人看透真心，用超齡的穩重態度背負著天神屋大老闆這個身分，表現得從容自若。

然而，其實他至今仍懷抱著深深恐懼。

對那個又黑又冷又狹小的空間……那座讓自己被邪氣侵蝕，只能處於飢餓煎熬中的牢籠。

即使放聲哭喊，也沒有任何人伸出援手，同時也失去了相信人的勇氣。

這種絕望與痛苦的滋味，其實他比我還更加清楚。

那孩子，大老闆，名為剎的鬼，明明是如此惹人憐憫。

沒被接納的一方，其實是我才對。

我打開那扇沒有任何裝飾的純白門扉。

前方所見的景象，是熟悉的空中庭園。

「這裡是……大老闆……栽培的菜園。」

原來如此。

我用黑鑰匙穿過重重的「門」，結果最後回到了天神屋。

過去曾經在這裡見過倒映於噴水池水面上的洋館，那想必也是被上鎖封印的空間之一吧。藏著許多黃金童子大人與大老闆的回憶，以及那個真相的地方……

「咦咦？小嬌妻？」

「？」

背後傳來一陣聽起來懶懶的呼喚聲。

轉身一看，一個全身套著白色防護衣的可疑人士正對我伸出手，我嚇得猛退了一步。

「啊啊！不是啦，我不是可疑分子啦，是我是我。」

對方掀開蓋在臉前的布，指了指自己。從說話的口吻大概可以猜到，原來真的是砂樂博士。
「博士……你跑來有陽光的地方不會有事嗎？」
我快速擦去眼角的淚水，對於出現在地表上的砂樂博士感到詫異。
「還好啦，已經下午了，而且我穿著能完全遮斷陽光的防護衣，這樣就沒問題了。很少人知道這裡有座大老闆的菜園，說起來，就連幹部之中有資格出入此地的，也是極少數。」
「……」
大老闆為何在這種地方種菜？
在能力所及範圍內，無微不至地呵護這座小菜園。
因為他喜歡將每一個小生命視為希望，來加以疼愛、栽培。
如今，就連這座小小的菜園都讓我充分感受到，他內心的溫柔與孤單。
「欸，砂樂博士。」
「嗯？什麼事？」
「大老闆他肯定一心想用自己的雙手來培育吧。無論是這些作物……還是名為天神屋的旅館，以及在這工作的所有員工。」
「……小嬌妻。」
在文門之地那段期間，大老闆雖然表面上過得一如往常，卻獨自懷抱著複雜的心情。藉由這把鑰匙，我才總算跟真正的他坦誠相見。

「大老闆他呀，也許是想透過這樣來證明……自己的雙手也能孕育出新生命吧。邪鬼雖然人人厭惡，但大老闆確實受到眾人的景仰。因為他對那些被放逐的人們伸出了手。天神屋裡眾多員工都是走投無路之下，被大老闆撿回來的，我也一樣。過去的我活在生不如死的環境中，就像被飼養在無法呼吸的水槽裡。但大老闆伸出他的鬼手，將我拉上岸。」

「砂樂……博士。」

天色陰了下來，於是砂樂博士摘下了防護衣的連帽。他深鎖眉頭望向天空彼端，同時回憶起難以忘懷的往昔。

他說得沒錯。

至今為止跟我有過往來的天神屋員工，全都是在懷抱著問題與孤獨的困境中，被大老闆出手解救、網羅、拉拔的孩子。

阿涼、曉、春日、靜奈……

砂樂博士、白夜先生、銀次先生，大家都一樣。

就連那個反之介，大老闆也不吝對他伸出手。

而我又何嘗不是被大老闆拯救了性命。

在我孤苦無依時，大老闆帶我來到隱世，給了我名為天神屋與夕顏的立足之地。

長久以來，我都活在他的溫柔呵護下，他持續為我傾注溫和的愛情。

「小嬌妻……八葉夜行會將從今晚午夜十二點開始，整整進行一整天。想必妳是在黃金童子大人的協助下才回到這裡的吧。接下來妳怎麼打算？」

「……接下來……」

對耶。

為了幫助大老闆，我一路努力來到這一步。

今晚，一切即將塵埃落定。

包含大老闆的今後。

如果丟了八葉一職，被抓進妖都宮中，他可能又將被封印於那黑暗的地底。

在那些痛恨邪鬼的侵略者的決策之下。

「我不去妖都不行……！」

答案早已在我心中。

「我必須去把大老闆接回來。他露出一雙充滿寂寞又如孩子般稚嫩的眼神，說他想回到天神屋。」

我繼續對砂樂博士說道。

「我還有一些話必須告訴他。有好多的感謝，還有……說不完的感謝。還有……」

即便我做出的答案如今會被他當成出自感恩與憐憫，也無所謂了。

我還是要告訴他——我喜歡你。

這是我花了好長一段時間才得到的結論。

我的真心，一定能……透過我做的料理讓他明白。

只要我今後好好傳達給他就行了。

「小嬌妻，我充分明白妳的心意了。既然妳要去妖都，我可能也要去進行一些準備才行了。畢竟有些東西想讓妖都那些傢伙見識見識……對了，妳馬上就要出發嗎？」

「讓我先回一趟夕顏準備一下，給我一小時就夠了。」

「知道了。那就一小時後來渡船口找我。」

「嗯……謝謝你，砂樂博士。」

博士將墨鏡底下半露出的眼睛瞇成溫柔的彎月，緩緩對我點頭。

不用多說，他好像也明白我接下來的打算。

「說不上來為什麼，第一次見到妳時，就覺得像妳這樣的孩子，也許正是能與大老闆並肩同行的那個人。」

「……博士？」

「我希望妳能讓他從那個又黑又狹窄，充滿孤寂的地方解脫出來。雖然誰都試圖這麼做，但是沒那麼容易。我想，到頭來還是只有妳能從黑暗的水底把他拉上岸。」

無論是砂樂博士、白夜先生還是黃金童子大人，我都從他們身上感受到一種為人父母的愛情。

畢竟他們都稱呼大老闆為「那孩子」。

大老闆，你從大家身上得到的愛，肯定比你想像中還來得太多了。

確信這一點後，我更必須告訴他「我想成為你心中的第一」。

「……第一？」

這兩個字突然占據我的思緒，我靜靜撫上自己的唇。

我感覺到自己的記憶好像還缺少了一些片段……

但現在不是蹉跎的時候了。我先從菜園裡摘了一顆成熟的圓滾滾南瓜借用，抱著南瓜從空中庭園往下走，來到大老闆的辦公室。

他仍然不在這裡。

不過空氣中還殘留著過去他每天在這裡為天神屋辦公的氣息。

過去被深深封印於這片土地正下方的他，被黃金童子大人救出，受到養育與栽培，然後被託付了天神屋大老闆一職。

一想到大老闆為了壯大這間旅館而竭盡所有心血，心裡就更強烈地希望能早一刻帶著他回來。

「……好。」

我大大深呼吸了一口之後，堅定的眼神已直直凝視前方。

快步穿越天神屋的走廊來到櫃檯大廳，我發現阿涼與曉的身影。

曉正站在工作梯上打掃櫃檯天花板，阿涼則一邊在梯子下方看著號外新聞，一邊意思意思地幫忙扶梯子。

「欸～曉～上面寫大老闆被捉拿了耶～」

「那又怎樣。」

「天神屋要是沒了，以後你有什麼打算啊？」

「別胡說了，阿涼，天神屋才不可能消失。我會在這裡堅持到最後一刻。」

「你這小子真～的是死腦筋耶。營業時間處理客訴都忙不過來了，真佩服你對這間旅館無怨無悔。」

「別拿我跟妳這種不正經又陰晴不定的人相提並論！」

「不過呀，曉，不先好好考慮一下未來不行啦……畢竟我們除了這裡以外無處可去，也沒有等著我們回去的家人。」

阿涼的一番話讓曉猛然一驚，停下了手邊動作。

他將視線往下移到阿涼的方向。

「啊，喂！阿涼！我不是叫妳給我好好扶著嗎！梯子都在晃了！」

「啊～好好好～」

阿涼依然要扶不扶的。

梯子也因此左搖右晃，讓上頭的曉拚了命地保持重心平衡。

「嗯？奇怪，葵？這不是葵嗎！」

阿涼隔著梯子發現了我的存在。

興奮的她又讓梯子開始晃動，於是曉忍無可忍地一躍而下。

接著他用一張看到鬼的表情望向我。

「妳……不是待在文門之地嗎？」

曉跟阿涼似乎都對於突然之間回到天神屋的我感到相當驚訝。

然而我只「嗯」了一聲便快步朝夕顏走去。

他們倆也一同跟了上來。

「怎麼啦？葵，幹嘛這麼匆匆忙忙的啊！」

「我現在要去做便當，要準備滿滿一盒大老闆愛吃的菜，帶去妖都給他。」

「啥？現在？妳現在做好帶去也不可能見得到大老闆啊，他已經被宮中的傢伙捉走了。」

「沒有錯，葵。我們現在只能乖乖待在原地等待。無論夜行會結果如何，都必須守護今後的天神屋才行。」

阿涼與曉試圖用嚴肅及謹慎的口氣說服我。

但我仍來到中庭，穿越連接走廊後走向古民宅。拉開沒掛店門簾的「夕顏」店門，睽違已久地回到自己的容身之處，我呼吸著這令人懷念的空氣。

「即使如此，我還是要去把大老闆接回來才行，我必須不惜一切把他帶回天神屋。」

「葵……」

「你們倆其實心裡也恨不得立刻飛奔去大老闆身邊吧？」

我站在吧檯內側的廚房空間，面對天神屋大掌櫃與女二掌櫃問道。

兩人雙雙保持沉默，微微垂下視線，看起來就像在內心問著自己同樣的問題。

「啊！葵大人！」

小愛從後房走了出來，頭上頂著一隻小不點。

她立刻撲上前來向我撒嬌「您終於回來了！」於是我緊緊給她一個擁抱。

「小愛，謝謝妳一直幫我顧著夕顏，拖這麼晚回來真抱歉。小不點你也回來了，真是太好了。對不起呀，把你留在那裡。」

「人家哭哭惹～哇哇大哭～」

「對、對不起啦！」

他飛撲過來，啪啪啪地拍打了我好幾掌後嚎啕大哭。

小愛則在一旁說：「不過他這次沒離家出走，有好好留下來看家喔～」

這樣啊，原來小不點是刀子嘴豆腐心，依然信任我，並且等著我回來。

「下次不可以再丟下我惹，大家團聚在一起，一個都不能少～」

「……」

大家團聚在一起，一個都不能少。

小不點未經修飾的童顏童語，重重地迴響在心頭，讓我一陣鼻酸。

說得對呢，天神屋的大家都想繼續在這個大家庭努力。

在大老闆的守護之下。而這次換我們來守護他了。

「好，開始動工！呃，材料只有南瓜！」

才剛鼓起鬥志就馬上卡關了。

對耶，因為我長時間不在的關係，夕顏這裡也不可能剛好有我需要的材料。不過——

「……有什麼需要的東西就開口吧。」

「好啦，如果允許我偷吃的話，要我幫忙跑腿也不是不行喔。」

「曉、阿涼……」

沒想到他們倆主動提出幫忙籌措食材。

一開始對我最冷淡的就是這兩個妖怪。

然而，如今卻是比誰都更了解我的好夥伴。

「謝謝。那就拜託你們囉。」

我拜託曉去準備食火雞的肉跟蛋，請阿涼去準備幾種蔬菜。

我則先把米煮好，在心裡構想一下便當要放什麼菜色，確認冰箱的食材有沒有能用的。

「奇怪，庫存比想像中還要豐富。小愛，妳每天都在這做菜嗎？」

「是的～我一邊回憶葵大人的做法，一邊進行廚藝練習。還會參考報紙上的食譜自己做做看，因為我每天都會讀報。」

「是喔！小愛妳真棒耶。本來就覺得妳能幹又充滿好奇心，但是能把好奇心實際付諸於行動，是很了不起的喔。」

雖然是自己的眷屬，仍對她相當欽佩。覺得自己應該多多效法她的態度。

「嘿嘿，因為我想早日成為葵大人的得力助手，而且也希望得到大老闆更多讚美。」

「……嗯嗯，他肯定會誇獎妳的。」

我反覆摸了好幾下她的頭。

這孩子認真又勤勉的個性，搞不好是遺傳自大老闆吧。

好了。這次我要做的便當，打算在裡面加入大老闆不太敢吃的南瓜。一部分也是因為之前他來夕顏時曾經吃得津津有味，讓我無法忘懷他當時的表情。

「葵大人，您要用南瓜做什麼？」

「要做成金平風味喔，搭配剩下的蓮藕。」

大老闆說過自己不喜歡吃甜甜的南瓜，所以我想說切成薄片，用甜甜鹹鹹又帶點辣的調味，也許他會願意捧場。而且蓮藕的口感一定能幫忙加分。

就在此時，阿涼帶著小松菜和蔥，曉則帶著食火雞肉和食火雞蛋回來了。

「現在正逢過年，外面的店都休息了，我找得可辛苦呢！所以就直接拜託住附近的我們家女服務員分一點給我了。」

「幸好肉鋪有開，算走運了，因為家家戶戶過年都會吃食火雞。」

「阿涼、曉，謝謝你們。你們兩個都流了一身汗耶，謝謝。」

不到十五分鐘就搞定了，實在厲害。

想必他們急急忙忙尋遍有營業的店家，以及靠關係幫忙吧。

「話說回來，妳要做什麼菜？」

「『最初的便當』喔，裡面放了大老闆最愛吃的東西。」

「最初的便當？是說大老闆最愛吃的東西……葵，妳知道是什麼喔？」

「……嗯，甚至想問自己怎麼會至今從未發現到答案。」

「？」

兩人臉上表情顯示為毫無頭緒。

我暫時未向他們繼續說明詳細，請小愛替他們送上兩杯茶。

在這段空檔我也急忙準備著便當。

時間所剩不多，但即使不特別花時間，至今以來累積的經驗讓雙手自己動了起來，幫我完成一切。

「啊啊，好香的味道～正好到晚餐時間了，要餓著肚子忍住誘惑真痛苦呀。」

「阿涼妳這傢伙，在這緊要關頭說什麼鬼話啊。」

「少裝正經了啦，曉。你還不是一樣，肚子從剛才就開始咕嚕咕嚕叫。」

小愛貼心地將剛煮好的飯盛了兩大碗，端往阿涼跟曉面前。

我則將裝完便當剩下的配菜隨便擺盤後，從吧檯內放到兩人面前，順便附上醃白蘿蔔跟梅干。便當裡也有放。

「你們就用這些剩下的小菜配飯吃吧，沒能好好準備完整的套餐，抱歉呀。」

「這有什麼關係，吃下去都一樣啊。」

「反倒覺得這種便當剩菜湊一湊的感覺不錯呢。」

「真～的，很有在家裡吃飯的感覺。」

兩人似乎真的餓壞了，大口大口狼吞虎嚥。

雖然稱不上豪華年菜，但若能讓他們幸福地填飽肚子也足夠了。

只要他們能把這裡當成一個能放鬆的避風港，就足夠了。

因為這樣能讓我覺得，我們或許已經形同一家人。

「好，大功告成了！」

我將剛做好的配菜裝進便當盒。

使用的容器是……我被擄來隱世前，遇見坐在鳥居前的鬼時，遞給他的那個便當盒。

雖然當時連大老闆是誰，喜歡吃什麼東西都還一無所知。

「啊～可是啊可是啊！我也好餓！」

「我有料想到如此，所以先幫葵大人捏好飯糰了～」

「小愛，真的太感謝妳了～幫了大忙！」

「我、我也有幫忙把梅干用力塞進去喔！還念惹讓飯糰變好吃滴咒語～」

「小不點謝謝你～難怪覺得有點腥味，不過很好吃喔。」

我用眷屬們以愛情製作的飯糰填飽肚子，把天狗圓扇緊緊插在後背，用包袱巾把便當打包後抱在手上，便奔出了夕顏。

「……」

然而，當夕顏外的柳枝輕撫過臉頰的瞬間，讓我頓時一驚，停下了腳步。

因為我沒來由地在此刻回想起某人說過的話語，以及某樣東西的存在。

我緊握住拳，心想果然不能少了那東西，於是折返回店裡。

我從裡間的壁櫥找出收納在裡面的某個盒子。

「這個……也許……有派上用場的機會。」

這是過去律子夫人送我的「七星羽衣」。

她說這東西能掩飾人類壓倒性的弱勢……然後讓給了我。冬天的七星羽衣帶著淡淡的冷色調，波紋在絲帶上緩緩蕩漾著。

「欸！葵，還不快點出發嗎？」

「好，我現在就去！」

在阿涼催促下，我將羽衣折成小小一疊塞進胸口，起身準備離開房裡。

在橫過穿衣鏡前時，我瞥了一眼頭上閃爍紅色光芒的山茶花髮簪……

心中已無任何迷惘的我，離開了夕顏。

砂樂博士吩咐我準備就緒之後，就去渡船口。

「咦，為何曉跟阿涼也跟過來了？還有小愛跟小不點。」

「這還用說，怎麼能讓身為大老闆未婚妻的妳隻身前往妖都啊。」

「沒錯沒錯。葵，妳的個性那麼不顧前後、橫衝直撞，沒有我們看著，誰知道妳會闖出什麼禍呀。況且很多員工說今年不返鄉，自願留下來守衛天神屋。所以少了我們倆也沒關係啦。反正女掌櫃也在。」

「……這樣啊。」

有他們相隨，是一劑無比的強心針。

而小愛跟小不點也紛紛說道：

「身為眷屬當然想替您盡一份力～」

「我要跟著葵小姐到天涯海角滴～」

他們的話語都令我感到相當欣慰。

來到渡船口，發現砂樂博士已在現場等我，身上的白袍隨風擺動。

周遭天色已徹底暗了下來，砂樂博士似乎不用全副武裝也可以在外活動，一副心情很好的樣子在做暖身運動。

「等妳好久啦，小嬌妻！怎麼連大掌櫃跟女二掌櫃也來了。出發前往妖都的起飛準備已經完成了，來，大家上船吧！」

「這是……空中飛船？」

要說這是飛船，我倒覺得比較像造型奇特的尖頭太空船耶。我們真的要搭乘這個嗎？

「這是最新的高速飛船『流星號』喔。飛行速度正如其名，媲美流星。我想說只是要載人而已，這艘應該就夠用了。」

「呃，砂樂博士，請問誰要負責駕駛？」

「嗯？當然是我啊。啊、哈、哈！大掌櫃你不用擔心。別看我這樣，好歹也擁有飛船的駕照，嗯～雖然十年沒換新了！」

「……」

我們不禁打了個冷顫。

光是這種造型的飛船就已經夠讓人不安，一想到駕駛員是砂樂博士就更害怕了！

不過負責維護作業的是鐵鼠們，倒也莫名感到安心。

「啊，坐起來其實挺舒服的嘛。」

正如阿涼所言，高速飛船的船艙內有著舒適寬敞的座椅，還有安全帶設計。順便還設有飲料吧和一些簡單的零食與打發時間用的書籍，舒適度似乎意外地高。

不過，七彩繽紛的內部裝潢搞得像兒童房一樣，不知道是源自誰的品味……

「呃～那個～葵小姐～！」

「嗯？」

我從圓形的窗戶看見靜奈在渡船口揮著手。

我匆忙跑往船外。

「這是怎麼啦？靜奈！」

「不好意思，請……請您把這個一起帶上。我聽說葵小姐要去妖都，所以趕緊準備來了。」

「……這是？」

靜奈把一只掌中大小的小瓶子，與軟綿綿的緩衝材一起放進束口袋裡交給我。

「這是我在天神屋地底研發的珍貴『藥物』，會計長命我盡快準備一份過去。到了妖都，請您無論如何都要把這個交給大老闆。」

靜奈一臉認真地握住我的手，我能猜到這東西有一些特殊的意義。

「……我明白了，我一定會交給他的。」

「其實原本應該由我帶去的，但是我尚有工作需要留在天神屋完成，晚點才會出發前往妖都，為了救回大老闆。」

「靜奈……」

「我親身體驗過邪鬼的恐怖，但是……我也從未忘記大老闆的溫柔善良，以及他對我的恩情。即使他的身分是邪鬼，我的這片心意也絕無動搖。」

這番話讓我覺得心裡很踏實，同時又感到欣慰。

正因為靜奈曾與邪鬼實際接觸過，所以才特別讓我充滿勇氣。

「靜奈，到了妖都務必要會合喔。」

「是，葵小姐也別太勉強自己了。不過……還是祝福您武運昌隆。」

靜奈深深向我鞠躬，目送我啟程。

天神屋果然是間很棒的旅館。我珍惜著這股湧上心頭的感慨返回船艙。

將靜奈遞給我的藥連同束口袋塞進和服的腰帶裡，我感受到自己被許多人的意念守護著。同時緊緊交握住顫抖的雙手，開始祈禱。

「好了，準備啟航！」

砂樂博士一聲令下，高速飛船隨之升空，然後——

「咦？啊啊啊啊啊啊！」

會發出奇怪的大叫，全是因為高速飛船的加速太猛了。

身體感受到高度的衝擊與壓迫感。我緊緊抱住便當，心想再怎麼樣也至少要死守住這個。

經歷了差點撞上高塔、突然急速下墜、莫名翻轉了一圈，充滿驚險的航程簡直讓人以為坐上雲霄飛車，驚恐不已。一陣子過後總算趨於穩定。

「……要死了。」

「不……是已經死了。」

「砂樂博士！曉跟阿涼都快魂飛魄散了耶，怎麼辦！」

「我覺得放著不管就行啦～」

這實在不是能邊喝飲料或邊看書享受的航程啊……

唯獨小愛跟小不點似乎意外平靜，應該說把這當成了刺激的遊樂設施，玩得相當起勁。

而我此時此刻仍緊緊抱住便當。

內容物雖然塞得很紮實，但經過剛才一番折騰，也許有點變形了。

不過，只要能吃就好了。

只要能提早一分一秒抵達妖都就好了。

快點。

我已等不及見到大老闆。

這一次換我將他從「那個地方」救出來。

然後我想試著呼喚他的名字。

讓他嘗嘗他的最愛。

在往後的時光，我想持續為他用心準備飯菜，以報答從他身上得到的一切。

我想這應該意味著與對方共度今生。
也就是用一輩子的時間長相廝守。
欸，大老闆，我能與你並肩同行嗎？
你願意娶我為妻嗎？

後記

各位讀者好，我是友麻碧。

前集的後記是在「妖怪旅館營業中」動畫開播前完成的，這次第九集推出的時間點，恐怕會落在動畫播映完畢之後。

第九集《妖怪旅館營業中　謹獻給你的手作便當》，大家看完覺得如何呢？

大老闆好一陣子沒出現，這次戲分全補回來了。（雖然換成銀次先生完全沒露臉就是了……）

從故事開頭鋪陳至今的所有謎題，可說幾乎全在這集解答了。

感覺就像一直藏在心裡想說又不能說的祕密，在耐心又小心翼翼地醞釀之下，終於在這一次盡情釋放了。

正因如此，完成第九集時不知怎麼地覺得有點寂寞。

感覺最關鍵的部分已經出來了，接下來就……

讀完本集的各位朋友也許大概能猜到了，「妖怪旅館營業中」本系列將在下集畫下句點。

還有許多話想說，不過就留待第十集吧。

接下來換個話題。

本集中出現了各式各樣的便當。

各位喜歡便當嗎？

本人、最喜歡、便當，特別、鍾愛、鐵路便當！

由於平時都搭新幹線移動，所以常買鐵路便當，嘗遍各地的特色便當也成為一種樂趣。

在這裡跟各位介紹我家鄉的鐵路便當。

其實在小說第四集中也曾出現過，就是雞鬆三色飯便當。

筆者的老家福岡有個折尾車站，也正是故事中折尾屋的命名由來。這裡的特色便當——東筑軒推出的「折尾名物雞鬆三色飯」非常之美味。

除了折尾站以外，在小倉站、博多站與福岡主要大站都有販售，是福岡這裡相當有名的鐵路便當。我常常有機會搭新幹線往返小倉站與東京站，所以常買來吃。

底部鋪上一層薄薄的炊飯，上面再鋪滿雞肉鬆、蛋絲與海苔絲，排列成三色的斜列，是最經典款的雞鬆三色飯便當。整體調味符合九州地區的口味，屬於樸實之中偏甜，這正是令人停不下來的好滋味。

搭配的小菜有佃煮昆布、甜煮豌豆、紅薑以及奈良漬。風格簡單純樸，但是每一樣搭上主角雞鬆三色飯都是絕配。

雞鬆三色飯在動畫版《妖怪旅館營業中》第十八話裡也有登場過一下下，跟東筑軒的版本非常像，讓我看了會心一笑。真想快點回老家回味。

各位若有機會來福岡玩，請嘗嘗東筑軒的雞鬆三色飯！

接下來是廣告時間。

漫畫版《妖怪旅館營業中》第五集在上個月剛上市，請大家認明封面是衣丘老師繪製的美麗的黃金童子大人。漫畫版進展相當順利，許多如今感到很懷念的角色一一登場，希望各位能多多支持。

另外，世界觀與本作相連的《淺草鬼妻日記》的漫畫版第一集也現正發售中。大老闆在這裡的戲分已媲美固定登場角色了，如果對於大老闆在現世超商閒逛的模樣感興趣，請務必參考一下（註5）。

來到卷末感謝時間，首先是責任編輯。無論在小說還是動畫方面都承蒙您許多照顧。

感謝您在作品今後的走向上，陪我一起思考了許多面向。今後也請繼續多多關照了。

接著是擔任封面插圖的 Laruha 老師。在動畫化的契機下有幸與您暢聊，真的很榮幸！包含

註5：以上指日本出版狀況。

動畫版ＤＶＤ與藍光封面插圖在內，能有眾多機會拜見老師的作品，實在非常幸福。

最後是讀者朋友們。

希望能跟各位一起走完這最後一哩路。下集故事中，天神屋的角色們將會分別背負不同的使命，開始動身。也許料理要素的占比會比以往來得少一點，但還是希望大家能一起見證故事最後的終點。

那麼，就期待第十集與各位再相會了。

友麻碧

輕文學 Light Literature

菜鳥編輯×吸血鬼作家
為了新刊原稿，賭命守住作家的手！

吸血鬼的異搜事件簿 1~3

澤村御影 / 著　柯璇 / 譯

出於對作家御崎禪的崇拜，瀨名成為編輯，但才進公司兩年，就被總編指派為御崎禪的責任編輯。一切資料未公開的御崎原來是吸血鬼，並協助警方偵查非人類引起的案件。但比起查案，瀨名更希望御崎專心寫作。她以「保護作家的手別受傷」為由，跟在御崎身邊催稿，也因而被捲入各種奇異案件……

定價：各 NT$260~300/HK$78~90

輕文學
Light Literature

前「最強鬼妻」出馬，
以暴力輕鬆解決淺草妖怪們的事端！

淺草鬼妻日記 1~5

友麻碧／著　莫秦／譯

住在淺草，極度熱愛美食的高中女生茨木真紀有個祕密，那就是——前世的她並非人類，而是平安時代聞名天下的鬼公主「茨木童子」！她總是拖著由前世老公「酒吞童子」轉生的同班同學天酒馨一起行動。為了身陷危機的妖怪們，「最強鬼妻」在淺草拚命奔走！

定價：各 NT$300-320/HK$90-98

國家圖書館出版品預行編目資料

妖怪旅館營業中．九，謹獻給你的手作便當 / 友麻碧作；蔡孟婷譯．-- 初版．-- 臺北市：臺灣角川，2019.06

面；　公分．--（角川輕．文學）

譯自：かくりよの宿飯．九，あやかしお宿の弁当をあなたに。

ISBN 978-957-743-065-6(平裝)

861.57　　108006249

輕文學
Light Literature

妖怪旅館營業中 九　謹獻給你的手作便當

原著名＊かくりよの宿飯　九　あやかしお宿のお弁当をあなたに。

作　　者＊友麻碧
插　　畫＊Laruha
譯　　者＊蔡孟婷

2019 年 6 月 6 日　初版第 1 刷發行
2021 年 5 月 17 日　初版第 2 刷發行

發 行 人＊岩崎剛人
總 編 輯＊呂慧君
編　　輯＊林毓珊
美術設計＊李曼庭
印　　務＊李明修（主任）、張加恩（主任）、張凱棋

台灣角川

發 行 所＊台灣角川股份有限公司
地　　址＊105 台北市光復北路 11 巷 44 號 5 樓
電　　話＊（02）2747-2433
傳　　真＊（02）2747-2558
網　　址＊http://www.kadokawa.com.tw
劃撥帳戶＊台灣角川股份有限公司
劃撥帳號＊ 19487412
法律顧問＊有澤法律事務所
製　　版＊尚騰印刷事業有限公司
I S B N＊978-957-743-065-6